KB139019

소드마스터 힐러님

침략자 퓨전 판타지 장편소설

WISHBOOKS FUSION FANTASY STORY

소드마스터 힐러님 6

침략자 퓨전 판타지 장편소설

초판 1쇄 찍은 날 | 2019년 6월 13일
초판 1쇄 펴낸 날 | 2019년 6월 20일

지은이 | 침략자
펴낸이 | 예경원

기획 | 위시북스
편집책임 | 이규재
편집 | 위시북스

펴낸곳 | 예원북스
등록번호 | 제396-2012-000132호
등록일자 | 2012. 7. 25
KFN | 제1-425호

주소 | 경기도 고양시 일산동구 호수로 646-24 위너스21II빌딩 206A호 (우)10401
전화 | 031-819-9431 팩스 | 031-817-9432
E-mail | yewonbooks@naver.com

ISBN 979-11-6424-334-1 04810
       979-11-6424-130-9(set)

솔드마스터 힐러님

침략자 퓨전 판타지 장편소설

WISHBOOKS FUSION FANTASY STORY

6

CONTENTS

1장
이계의 습격자(2)

짐이 많이 없었기 때문에 이사는 금방 끝났다. 성준은 아버지인 수혁을 하루라도 빨리 불러와서 같이 살고 싶었지만, 방어 설비 공사가 끝나지 않았기 때문에 일단은 참기로 했다.

성준은 이사를 끝내기 무섭게 정철을 집으로 초대했다. 그와 할 말이 있었기 때문이었다.

"이사 축하드립니다. 집은 마음에 드십니까?"

정철은 부동산 중개인 같은 말을 하면서 정원을 가로질러 안으로 들어왔다.

성준은 그를 응접실로 안내하며 입을 열었다.

"넓고 좋습니다."

"다행이네요. 그건 그렇고 단순히 집을 구경시켜주려고 부른 건 아닐 테고…… 저번에 말씀해 주셨던 거점 방어 설비 때문입니까?"

"잘 아시네요."

성준은 미소 지었다. 그는 품속에서 도면 하나를 꺼내서 정철의 앞에 올려놓았다. 리슈발트와 함께 의논해서 저택을 방어하기 위해 중요하다고 판단된 포인트를 지정해 놓은 도면이었다.

"방어 설비를 설치할 포인트인 것 같네요?"

정철도 한눈에 알아보았다. 성준은 고개를 끄덕이며 입을 열었다.

"돈은 얼마가 들어도 상관없습니다. 국내 최고 수준의 방어 설비를 설치해 주세요."

"최고 수준의 방어 설비는 소대 규모로 편성된 B급 헌터들의 공격을 방어할 수 있습니다. 그만큼 위력적이기 때문에 정부의 허가가 필요합니다. 은밀하게 진행할 수도 있지만 리스크가 큽니다."

던전 레이드 시대의 개막과 함께 무기와 방어 설비에 대한 규제가 완화되었다고는 하지만 대한민국이라는 사실이 변하는 것은 아니었다. 여전히 일부 무기류와 위력 있는 방어 설비 쪽에 대해서는 규제하고 있었다.

"정부의 허가만 있으면 바로 공사를 시작할 수 있습니까?"

"네. 허가만 받는다면 장비나 설비를 갖추는 건 어렵지 않습니다. 돈을 더 쓴다면 인력을 동원해서 공사 기간을 단축할 수도 있어요."

성준의 물음에 정철이 대답했다. 돈으로 안 되는 일은 없었다.

"공사 인력부터 준비해 주세요. 정부 쪽은 제가 상대하겠습니다."

성준은 자신감 넘치는 목소리로 말했다.

그가 강한 입장을 보인다면 대한민국 정부도 어쩔 수 없을 것이다. 대한민국 최초의 SS급 헌터였으니까.

"그럼 저는 공사 인력을 확보해두겠습니다."

정철은 그 말을 끝으로 성준의 저택을 나섰다.

성준은 저녁 식사를 해결한 뒤, 테라스로 걸음을 옮겼다.

-김현성 팀장에게 연락할 생각이십니까?

리슈발트가 물었다.

성준은 고개를 저었다. 더 높은 직위에 있는 사람에게 전화를 할 생각이었다. 의사전달 과정에서 소모될 시간이 아까웠다.

"이승태 총괄국장한테 바로 연락할 생각이야."

청와대에서 승태를 만났을 때 명함을 받아두었기 때문에 연락처를 알고 있었다. 그는 망설임 없이 승태에게 전화를 걸었다.

승태도 성준의 번호를 알고 있었다. 그래서 그런지 신호 연걸음이 몇 번 울리기도 전에 전화를 받았다.

-강성준 씨? 먼저 전화를 주신 건 처음이네요.

"이렇게 연락을 주고받은 것 자체가 처음일 겁니다. 아마도."

-하하하. 맞습니다.

가벼운 농담이 오고 가고 성준은 본론을 꺼내 들었다.

"총괄 국장님도 돌려 말하는 걸 싫어하니까 단도직입적으로 말하겠습니다. 제 저택에 최고 수준의 방어 설비를 갖추고 싶습니다. 허가해 주십시오."

성준은 단호하게 말했다.

-최고 수준이라면 방어 설비만으로 A급 헌터 소수가 포함된 다수의 B급 헌터로 구성된 공격을 막아낼 수 있을 정도입니다. 전쟁이라도 대비하시는 겁니까?

"러시아에서도 저를 노리고 있다고 들었습니다."

러시아가 성준을 노린다는 사실은 얼마 전 정철과 대화 중에 우연히 듣게 된 것이었다.

"허가해 주지 않으신다면 저와 가족의 안전을 위해 미국에 망명을 요청하는 수밖에 없습니다."

성준은 강수를 두었다.

미국은 성준이 S급 헌터였던 시절부터 움직임을 보였다. SS급 헌터가 되었으니 그가 요청한다면 받아들일 것이다.

-강성준 씨? 저희와 계약하셨던 걸로 압니다만…….

예상대로 승태는 '계약'을 들먹였다. 하지만 성준은 이미 계약서를 몇 번이나 정독하고 온 뒤였다.

"미국의 제안을 거절하는 조건으로 한 계약이었지 전속 계약이 아니었습니다. 제가 미국에 요청하는 것에 대해서는 아무런 제약이 없습니다."

성준의 말에 승태는 할 말을 잃고 말았다. 그는 재빠르게 생각을 정리했다.

-좋습니다. 다행히 제가 허가를 해드릴 수 있습니다.

결국 그는 항복을 선언했다. 대한민국 최초의 SS급 헌터를 잃는 것보다는 조금 귀찮더라도 허가를 내주는 게 좋다고 판단한 것이다. 아직 '백호'로 명명된 무장 정보기관의 인원이 배치되기 전이었기 때문에 비위를 맞춰주는 게 좋았다.

"당분간 제가 미국에 갈 일은 없을 것 같네요. 감사합니다."

-강성준 씨가 원하시는데 해드려야죠.

차분하고 평온한 목소리였지만 어딘지 모르게 불편해 보였다.

하지만 성준은 자신에게 딱히 해가 되는 게 없었기 때문에 대수롭지 않게 넘어가기로 했다. 그는 직접적인 피해만 받지 않으면 자신이 나름 관대한 편이라고 생각했다.

"그럼 수고하세요."

-좋은 하루 보내세요.

성준은 승태와의 통화를 끝내기 무섭게 정철에게 전화를 걸었다.

"허가받았습니다."

정철이 전화를 받기 무섭게 성준은 허가를 받았다는 사실을 전달했다.

-허가를 받았다고요? 최고 방어 설비는 허가를 잘 내주지 않는 걸로 알고 있습니다. 쉽지 않았을 텐데…… 역시 강성준 씨는 대단하십니다.

정철은 감탄했다. 최고 방어 설비는 조금만 바꾸기만 해도 살상 무기가 되기 때문에 정부에서 규제를 많이 하는 편이었다. 허가를 쉽게 내준 것만 봐도 대한민국 정부가 성준을 얼마나 중요하게 생각하는지를 알 수 있었다.

"별거 아니었습니다. 이제 문제는 없는 거죠?"

-예. 허가도 받았으니 장비를 확보하는 건 돈만 있으면 금방 진행할 수 있습니다.

"돈은 걱정하지 마시고 계속 진행해 주세요."

-아마 수백억 단위로 깨질 겁니다.

정철이 말했다.

하지만 성준의 결심은 흔들리지 않았다. 아버지를 위해서 연구소까지 인수했는데 안전을 위해 수백억을 투자하는 것에 망설일 이유가 없었다.

"다시 한번 말씀드리지만, 돈은 얼마가 들어가도 상관없습니다."

성준이 강조했다.

-알겠습니다. 주문해야 하는 것도 있지만 장비 몇 개는 제가 여분을 가지고 있으니 내일 아침부터 공사를 시작하겠습니다.

정철은 경매장 관리인이었고 VIP 경매장은 물론이고 일반 경매장에도 강력한 방어 설비가 갖춰져 있었다. 그래서 그는 정비를 위한 여분의 부품을 보관하고 있었다. 성준이 빨리 공사가 시작되는 것을 원하는 듯했기에 가지고 있던 여분의 부품을 활용하기로 마음먹었다.

"그렇게 해주시겠습니까?"

-딱히 문제 될 건 없습니다. 제가 모든 권한을 가지고 있으니까요.

"감사합니다."

다음 날 아침, 공사가 시작되었다. 인부들이 장비를 나르는 모습을 성준은 흐뭇한 표정으로 구경하고 있었다. 현대 지식 습득을 위해 TV를 보고 있던 리슈발트가 다가왔다.

-주군. 박장훈과 유신철을 만나본다고 하지 않으셨습니까?

리슈발트의 물음에 성준은 기억을 되살렸다. 공사하는 것을 구경하느라 까맣게 잊고 있었다.

그는 차분한 표정으로 입을 열었다.

"지금 만나러 갈 생각이야."

성준은 신철에게 먼저 메시지를 보냈다. 다행히 그는 던전 공략 중이 아니었고 10분 만에 답장이 도착했다.

[언제라도 괜찮습니다.]

던전 공략 일정도 잡혀 있지 않은 모양인지 여유로운 듯했다.

성준은 다시 메시지를 보내서 약속을 잡았다. 점심 약속이었고 신철과 장훈이 성준의 저택으로 오기로 했다.

얼마 지나지 않아서 두 사람이 차를 타고 방문했다. 성준은 대문을 열어주었고 차는 공사 중인 곳을 지나쳐 본채로 들어왔다.

"오랜만이네요. 반갑습니다."

성준이 먼저 인사를 건넸다.

"부르심을 받고 바로 달려왔습니다! 하하하!"

장훈이 호탕하게 인사를 받았다. 신철도 미소를 머금은 채 입을 열었다.

"저택을 샀다는 소문은 들었습니다. 저희가 첫 방문객입니까?"

"그건 아닙니다."

"그렇군요. 이건 약소하지만, 집들이 선물입니다."

"와인이네요. 감사합니다."

선물 전달이 끝나고 성준은 신철, 그리고 장훈을 응접실로 안내했다. 두 사람은 넓은 저택의 내부에 감탄했다. 신철과 장훈 또한 A급 헌터였기 때문에 살고 있는 집이 넓고 좋은 편이었지만 성준의 저택 정도로 훌륭하지는 않았다.

그들은 간단하게 점심을 해결했다.

"강성준 씨가 저흴 부른 이유가 궁금하군요. 이번에는 또 어떤 재밌는 일이 기다리고 있을지 기대됩니다."

신철이 말했다.

"저를 너무 사고뭉치로 보시네요."

"하하하!"

성준의 말을 농담으로 들은 것인지 신철은 미소를 지었고 장훈도 호탕하게 웃음을 터뜨렸다.

그 모습을 본 성준은 고개를 저으며 입을 열었다.

"서론 제외하고 본론부터 말하겠습니다. 길드를 만들 생각입니다."

"어느 정도 예상했던 일이지만 갑작스럽네요. 당장 길드를 만들 사람들을 모은 겁니까?"

신철이 중요한 것을 물었다. 성준은 고개를 저었다.

"지금은 충분하지만, 인원은 부족합니다. 그래서 지금 당장 길드를 만들 생각은 없습니다."

"그렇다면……?"

신철이 두 눈을 빛냈다.

"임시 공략팀부터 만들어서 차근차근 수를 늘릴 생각인데…… 두 분이 '간부'를 맡아주셨으면 해서 오늘 초대했습니다."

"간부요? 조건은 어떻게 됩니까?"

"여기 자세한 조건을 적어두었습니다. 참고하시면 될 것 같네요."

성준은 조건이 적힌 종이를 건넸고 신철은 장훈과 함께 그것을 읽었다.

"조건이 나쁘지 않네요. 그런데 정말 길드 세를 10%만 떼어가도 괜찮은 겁니까?"

길드 세는 길드원이 혜택을 받는 대가로 최종 정산에서 일부를 지불하는 것을 말한다. 보통은 30%를 지불하지만 성준은 국가에 지불하는 길드 관련 세금을 면제받기 때문에 신철과 장훈에 한해서 10%만 받기로 결정했다.

"저는 괜찮습니다."

성준은 미소와 함께 대답했다. 장훈은 긍정적인 표정이었고 신철은 꼼꼼한 성격답게 조건을 자세히 살폈다.

"그런데 이 저택에 들어와서 살라는 조건이 있네요? 이런 조항은 처음 봅니다."

"두 분을 길드 간부 겸 제 개인 경호원으로 고용하려는 겁니다."

성준의 말에 신철은 눈살을 찌푸렸다.

"개인 경호원이라면 행동이 많이 제약될 텐데…… 저는 그런 건 별룹니다."

헌터답게 자유로운 것을 추구했다.

"말이 개인 경호원이지 그냥 이 저택 별채에서 살기만 하면 됩니다. 그러다가 누가 공격해 오면 방어에 가세해 주기만 하면 됩니다. 그리고 두 분…… 저와 함께하면 SS급 던전에 입장할 수 있습니다."

성준의 말에 두 사람의 동공이 크게 흔들렸다. 높은 난이도의 던전을 공략하는 것은 모든 헌터의 꿈이었다.

"나쁘지는 않은 조건인 것 같네요."

"나는 찬성!"

신철은 조금 더 고민해 보려는 듯했지만, 장훈이 한발 빠르게 찬성 의사를 표했다. 신철은 한숨을 내쉬었다.

"하아! 뭐…… 크게 문제될 건 없을 것 같고…… 저도 제안을 받아들이겠습니다."

"감사합니다."

"다만 저도 부탁드릴 게 있습니다."

"무엇입니까?"

성준이 물었다.

"이제 저희에게 말을 놓아도 될 것 같습니다. 고용인에게 말을 높이는 고용주의 모습은 보기 좋지 않습니다."

"그래."

성준은 바로 말을 놓았다. 말을 놓는 것은 어렵지 않았다. 그러자 장훈이 두 눈을 빛내며 입을 열었다.

"이제 형님이라고 불러도 됩니까?"

그는 예전에 성준을 형님이라고 부르다가 제지당한 적이 있었다. 성준은 고개를 끄덕였다.

"마음대로 해."

장훈은 환호를 내질렀다.

2장
로드

　신철과 장훈의 합류가 결정되기 무섭게 성준은 정규 공략팀 '로드'를 창설했다. 대한민국 최초의 SS급 헌터가 팀을 만들었다는 소문이 나자 거의 모든 뉴스 채널에서 중요하게 다뤘고 가입을 희망하는 헌터들의 문의도 쏟아졌다.

　성준은 가입과 관련된 문의를 모두 거절했다. 정규 공략팀 '로드'는 길드로 발전하여 최종적으로는 제국과의 전쟁에서 친위대에 가까운 역할을 하게 될 것인데 아무나 받을 수는 없었다.

　신철과 장훈이 이사한 다음 날 성준은 설아를 만나기 위해 청룡 그룹 본사로 찾아갔다.

　"정규 공략팀을 만드셨다는 이야기는 들었어요. 축하드려요."

　성준은 설아와 사무실에서 차를 마시며 대화를 나눴다. 그녀는 정규 공략팀 창설을 축하하며 대화의 문을 열었다.

성준은 과자를 하나 집어 들며 입을 열었다.

"정규 공략팀에서 멈출 생각은 없습니다. 길드까지는 가야죠."

정규 공략팀과 세금은 비슷하지만, 길드 쪽이 설립이 더 까다로운 만큼 혜택이 많았다.

"길드 세가 면제라면 정규 공략팀만 유지하는 것보다는 돈이 더 들더라도 길드를 세우는 게 장기적으로 볼 때 이득이죠."

설아가 말했다. 성준은 길드 세가 면제였기 때문에 세금 걱정하지 않고 혜택은 전부 받을 수 있다.

"강성준 씨가 길드를 만들 의사가 있다면 저희 청룡 그룹에서 지원해 드릴 수도 있습니다."

"솔직히 말씀드리면 자금 지원은 필요 없습니다."

성준은 단호하게 말했다. 군이 필요 없는 것을 지원받고 생색내는 걸 지켜볼 필요는 없다고 생각했다.

"네?"

설아는 그녀답지 않게 당황했다. 성준이 이렇게 나오면 그녀의 입장이 곤란해진다.

성준도 그것을 알고 있었기 때문에 당근을 하나 준비했다.

"대신 다른 부분을 지원받겠습니다. 그리고 지금까지 도움을 준 것도 있으니 가격만 잘 쳐주신다면 마정석을 독점으로 납품하겠습니다."

개인의 경우 던전에서 습득한 마정석을 반드시 관리국에 매각해야 하는 의무와 규정이 있지만 '길드'나 '정규 공략팀'의 경우 예외적으로 허가를 받은 기업에 매각할 수 있다.

이 경우 기업은 던전 관리국을 통하지 않아서 수수료를 아낄 수 있어서 좋고 길드는 더 좋은 값에 마정석을 매각할 수 있어서 좋다.

"그렇게 해주신다면 저희는 바라는 게 없죠. 그런데 원하는 게 있으니까 제안을 하신 거겠죠?"

잠깐이나마 당황했던 설아도 다시 평온한 표정을 되찾았다.

던전 관리국에서 기업에 마정석을 넘길 때 요구하는 수수료는 비싼 편이었기 때문에 정기적으로 독점 납품하는 길드 하나를 만들어두면 큰 이익이었다. 대기업들이 길드를 후원하거나 직접 만드는 이유가 따로 있는 게 아니었다.

"총무를 맡아주셨으면 합니다."

"어렵진 않아요. 회사 일은 제가 뺄 수 있어요."

설아는 흔쾌히 승낙했다. 한때는 회사 일을 중요하게 생각했던 그녀였지만 성준에게 마음이 기울게 되면서 그에 대한 모든 것이 제일 중요한 것으로 자리 잡았다.

"때가 되면 잘 부탁드리겠습니다."

"그건 저희가 드릴 말인 것 같은데요?"

설아는 미소를 지으며 대답했다. 성과가 있으니 할아버지이자 청룡 그룹의 회장인 태석에게 인정받을 수 있을 것이다. 그것을 생각하니까 기분이 좋았다.

대화가 끝났다고 생각한 성준은 시계를 확인하며 자리에서 일어났다.

"벌써 가시려고요?"

설아의 목소리에서 아쉬움이 묻어 나왔다. 조금 더 그와 함께 있고 싶었다. 설아는 자신의 바람이 전달되었을 것이라 믿었지만 성준은 고개를 저었다.

"네. 던전 공략 일정을 잡아야 해서요."

"다음에 또 봐요."

헌터에게 있어서 던전 공략만큼 중요한 일도 없기에 설아는 아쉬움을 뒤로 한 채 1층까지 그를 배웅했다.

성준은 차를 타고 던전 관리국으로 이동했다. 던전 공략을 신청하기 위해서였다.

한소은이 담당 직원으로 배정되고 전용 창구도 생기면서 대기 시간이 없어졌다. 그는 순번을 뽑을 필요도 없이 자신의 전용 창구로 발걸음을 옮겼다.

"강성준 헌터님! 안녕하세요!"

소은이 밝은 표정으로 맞이했다.

성준도 기분이 좋아지는 듯한 활기찬 목소리에 미소를 머금었다.

"오늘은 무슨 일로 찾아오셨나요?"

"던전 공략을 신청하려고요."

"난이도는 어떻게 할까요?"

"S급으로 가죠."

"예."

소은은 대답과 함께 키보드를 빠르게 쳐서 공략 신청을 위한 절차를 밟기 시작했다.

"이번에도 솔플인가요?"

소은이 물었다.

성준은 대한민국 최초이며 유일의 SS급 헌터였기 때문에 그가 정규 공략팀을 만들었다는 소문은 던전 관리국에서도 퍼져 있었지만, 그는 늘 솔플만 해와서 확인을 위해 질문한 것이었다.

"3명이 갈 겁니다."

"추가 매칭은 필요 없으시죠?"

"필요 없습니다."

S급 던전을 3명이 공략하는 경우는 드물었지만, 그는 S급 던전에 대한 솔플 경험이 있었기 때문에 소은은 크게 놀라지 않았다.

그녀는 차분한 표정으로 입을 열었다.

"정규 공략팀 구성원 명단은 헌터 관리국에 등록하셨죠?"

"어제 했습니다."

성준은 고개를 끄덕이며 대답했다. 현성을 통해 빠르게 처리해 두었다.

"이번 던전 공략에 참여할 인원 명단을 주시겠어요?"

소은의 요청에 성준은 대답 대신 명단을 건넸다. 그녀는 명단에 적힌 구성원들을 공략 일정에 등록했다.

"절차는 끝났습니다. 마침 아무도 건드리지 않은 S급 던전이 하나 있네요! 바로 일정 잡아드릴까요?"

소은이 물었다. S급 던전의 출현은 흔한 편은 아니었지만, S급 헌터들은 게으른 경우가 많았기 때문에 가끔 휴식 기간이 겹치거나 하면 던전이 비어 있는 경우도 있었다.

"그렇게 해주세요."

"언제로 잡을까요?"

"최대한 빨리 잡아주세요."

소은은 고개를 끄덕이며 키보드를 두드렸다. 그런데 그녀는 뭔가 이상한 것을 발견하고는 성준을 보며 입을 열었다.

"강성준 헌터님. 전산망에 오류가 있었던 것 같습니다. 알고 보니 비어 있는 던전이 아니고 공략이 실패된 정예 던전이네요."

정예 던전은 마정석이 2배로 많이 나오지만, 공략 난이도가 어렵다. 사전 조사에서 잘 드러나지도 않기 때문에 사실상 함정 카드나 다름없는 존재였다.

"공략을 시도했던 파티에 대한 정보가 있습니까?"

먼저 공략한 파티에 대한 정보를 조금이라도 알고 있으면 도움이 된다는 것을 성준은 알고 있었다.

"공략을 시도했던 파티는 안준석 헌터님과 정규 공략팀 '침략사령부'였어요."

안준석은 대한민국 랭킹 2위의 S급 마법계 헌터다. 성준은 그를 만난 적은 없었지만 헌터 닷컴에서 간단한 정보를 봐서 알고 있었다. '침략사령부'도 전원 A급 이상의 헌터로 구성된 최정예 정규 공략팀이었다.

"공략 상황은 어느 정도입니까?"

"확답을 드릴 수는 없지만, 안준석 헌터님은 절반 정도는 공략한 것 같다고 말씀하셨어요."

소은의 대답에 성준은 생각을 정리했다. 정예 던전이라서 난이도는 높겠지만 이미 절반 정도 공략했다면 해볼 만하다고 생각되었다.

'문제는 보스다.'

정예 던전이면 최소 메두사 급의 보스가 나온다고 해도 과언이 아니었다. 그게 아니라도 보스까지 가는 길이 엄청나게 험난할 수도 있었다. 준석과 '침략사령부'가 중도 포기한 상황을 볼 때 후자일 확률도 높았다.

"마정석은 회수했습니까?"

성준이 물었다.

던전을 중도 포기할 경우 마정석에 대한 소유권을 잃게 된다. 이어서 던전의 공략에 성공하는 파티가 마정석에 대한 모든 권한을 가지게 된다.

"네. 모두 회수했습니다. 지금까지 나온 것만 해도 양이 꽤 많아서 공략을 끝내면 정산금이 일반 동급 던전에 비해 2배 정도 나올 거라고 예상하고 있습니다."

정예 던전은 어려운 난이도만큼 마정석이 많이 나오는 걸로 유명했다.

-2배면 도전해 볼 가치가 있다고 생각됩니다.

리슈발트가 말했다. 성준도 고개를 끄덕이지는 않았지만 동의했다. 최근 돈을 많이 썼기 때문에 열심히 벌어야 했다.

"일정 잡아주세요. 최대한 빨리."

"이틀 뒤, 오후 1시 괜찮으시죠?"

소은의 물음에 성준은 이의를 제시하지 않았다. 일정이 잡히자 성준은 저택으로 돌아가 신철과 장훈에게 관련 내용을 전달했다.

"이틀 뒤 오후 1시고 S급 정예 던전이다."

"저희끼리 가능하겠습니까?"

"형님. 저랑 신철이는 S급 던전 공략 경험은 있지만, 정예 쪽은 없습니다."

신철은 긴장한 표정이었다. 신철은 물론이고 장훈도 S급 정예 던전 공략 경험은 없었다.

"내가 있으니까 즉사만 피하면 최악의 상황은 없을 거야."

성준은 확신에 찬 목소리로 말했다. SS급 회복계 헌터다운 자신감이었다. 그의 힐량은 뇌와 심장만 살아 있으면 사지가 잘려 나가도 멀쩡하게 회복시킬 수 있을 정도였다.

"나를 믿어."

"저는 당연히 형님만 믿고 있습니다!"

장훈은 호탕하게 말했지만 신철은 신중한 표정이었다.

성준은 그를 보며 입을 열었다.

"걱정돼?"

"부정한다면 거짓말이겠죠. S급 던전이라면 몰라도 정예 난이도라면 인원이 더 필요하다고 생각됩니다."

"S급 던전을 솔플 공략한 나를 믿어. 아무 일도 없을 거야."

성준은 언제나 그렇듯 자신감이 넘쳤다. 그리고 그것이 근거 없는 자신감이 아니라는 것을 잘 알고 있었기에 신철은 미소를 지으며 고개를 끄덕일 수 있었다.

"강성준 씨를 믿고 따라가겠습니다."

그리고 이틀 뒤, 오후 1시에 가까워진 시간에 성준과 신철,

그리고 장훈이 던전 입구에 모습을 드러냈다.

랭킹 2위의 S급 헌터 안준석과 '침략사령부'가 실패했던 곳을 공략한다는 소문은 이미 헌터 닷컴에 퍼진 상태였고 할 일 없는 구경꾼들이 몇 명 나와 있었다.

"강성준 헌터님이십니까? 자격증을 확인하겠습니다."

대기하고 있던 던전 관리국 직원이 다가와 물었다. 성준은 흔쾌히 헌터 자격증을 건네주었고 간단한 확인 절차가 끝났다.

성준은 신철, 그리고 장훈과 함께 던전으로 입장했다. 준석과 '침략사령부'가 중간 지점까지 공략을 끝내놓았기 때문에 한동안 마물의 그림자조차 찾아볼 수 없었다.

"던전 관리국에서 말한 중간 지점을 방금 지나쳤습니다."

신철이 보고했다. 성준은 고개를 끄덕였다. 그의 예리한 감각에 마력을 머금은 기척이 하나둘씩 감지되었다.

"온다. 준비해."

"실드."

성준이 경고하기 무섭게 신철이 방어 마법을 펼쳤다. 붉은 창이 날아와 푸른 장막을 강타했다.

쾅! 콰앙!

충돌과 함께 충격이 전해지는 듯했다. 신철은 방어 마법을 거두는 것과 거의 동시에 스태프를 휘젓는 것으로 수십 개의 윈드 커터를 날려 보냈다.

-더블 캐스팅이군요. 주군의 안목은 역시 틀리지 않았습니다.

더블 캐스팅은 마법에 대한 이해도가 높은 마법사들만 가능한 기술이었다. 그리고 그 정도의 마법적 재능을 가지고 있는 이들은 높은 확률로 고위 마법사나 대마법사 경지에 오르곤 했다.

'그래, 내 눈은 틀리지 않았어. 유신철은 S급 헌터가 될 재능이 있다.'

성준의 두 눈이 반짝였다. 그를 잘 키운다면 친위대를 이끌 훌륭한 인재가 될 것이다.

어둠 속을 가르며 날아간 수십 개의 윈드 커터는 성준의 파티를 향해 달려오던 화염 광전사들에게 치명상을 입혔다.

빠른 속도로 거리를 좁혀 오던 화염 광전사의 수는 일곱. 그들 중에 셋이 윈드 커터에 토막 나 쓰러졌다.

"다음 마법을 캐스팅하겠습니다!"

신철이 마력을 끌어모았다. 더블 캐스팅으로 방어와 공격을 동시에 담당하느라 일시적인 과부하 현상이 찾아온 상태였다.

"형님! 제가 가겠습니다!"

"넷 정도면 내가 처리한다. 박장훈. 너는 신철이의 호위를 맡아! 기습조가 움직이고 있는 것 같다."

"아, 알겠습니다!"

장훈은 성준의 지시에 순순히 따랐다. 그는 자존심이 강하고 억세지만, 강자의 앞에서 어떻게 행동해야 하는지 알고 있었다.

화염 광전사는 A급 마물이다.

성준은 차분하게 그들과의 거리를 좁히며 오러가 깃든 검을 휘둘렀다.

-그워어어!

SS급의 무력 앞에서 A급의 저항은 무의미했다. 그들은 성준의 검에 베여 힘없이 쓰러졌다. 조각난 불꽃이 허공에서 흩어졌다.

"크악!"

뒤에서 고통에 찬 비명이 터져 나왔다. 신철의 목소리였다.

-암흑 살수입니다.

리슈발트가 보고했다. 성준은 몸을 돌려 신철과 장훈이 있는 곳으로 시선을 옮겼다.

신철은 피를 흘리고 있었고 장훈은 암흑 살수들을 막아내기 위해 대검을 휘두르고 있었다. 오러 아머까지 켠 채 분투하고 있었지만, 암흑 살수들의 수가 10기가 넘는 탓에 상황은 좋지 않아 보였다.

하지만 A급 마물 다수의 공격을 받는 상황에서도 암흑 살수의 기습 대부분을 차단했으며 일격에 셋을 쓰러뜨리는 기행을 보였다.

"지금 간다!"

성준은 고속 이동술을 펼치며 '힐'로 신철을 치유했다. 부상을 회복한 신철은 일정 범위에 화염을 쏟아내는 마법으로 암흑 살수들을 잠깐이나마 몰아냈다. 덕분에 장훈은 호흡을 가다듬을 수 있었고 곧바로 성준이 개입했다.

부웅-

휘둘러진 검이 암흑 살수들을 베어갔다. 몇 번 검을 휘두르자 암흑 살수들은 '핵'을 남겨두고 어둠 속으로 돌아갔다.

"흡수."

암흑 살수들마저 모두 정리한 성준이 마력을 흡수하자 마정석만 남기고 사라졌다.

"상처는?"

"완전히 회복되었습니다."

신철이 대답했다. 성준은 고개를 끄덕였다. 그의 상처는 심하지 않았다. 팔을 약간 베인 정도였기 때문에 SS급 헌터의 힐로 순식간에 회복한 것이다.

"좋아. 그러면 마정석 챙겨."

성준이 말했다.

두 사람과 함께 던전에 입장한 이유는 파티 사냥의 효율을 시험해 보기 위한 것 외에도 마정석을 주울 시간을 절약한다는 의미도 있었다. 전투가 끝날 때마다 마정석을 줍는다는 건 꽤 귀찮은 일이었다. 그렇다고 해서 마정석을 줍기 위한 조수를 데리고 다니기엔 S급 던전은 너무 위험한 곳이다. 자칫 조수가 죽으면 위로금만 깨질 판이었다.

'아무리 생각해도 이 방법이 제일 좋아.'

그에 비해 신철과 장훈은 A급 중에서도 실력 있는 헌터들이었고 S급 던전을 공략할 때는 던전과 동급이 아니었기 때문에 정산도 많이 받아가지 않았다. 은주 같은 S급 헌터와 던전을 공략하는 것보다 훨씬 효율적이었다.

성준은 혼자서도 공략이 가능하기에 어디까지나 보조 인원이 필요할 뿐이었다.

"역시 형님은 대단해! 매복도 눈치챘을 뿐만 아니라 A급 마물을 이렇게 쉽게 잡다니!"

"역시 SS급 헌터이십니다. 같은 공략팀이라는 사실이 자랑스럽습니다."

신철과 장훈의 감탄을 들으며 성준은 미소를 지어 보였다.

-500m 정도 앞에 다수의 마물이 포진하고 있습니다. 이번에도 매복이 있습니다. 주의하셔야 할 것 같습니다.

리슈발트는 솔선수범해서 정찰을 다녀와 앞의 상황을 보고했다. 성준은 아주 작게 고개를 끄덕이는 것으로 대답했다.

"500m 앞에 마물 무리가 있어. 매복도 있는 것 같은데?"

"세상에…… 그렇게 먼 거리의 기척까지 감지한다는 말입니까? 대단합니다!"

성준의 말에 신철은 또 한 번 놀라움을 감추지 못했다. S급 헌터의 능력은 소문으로 듣기도 했고 직접 봐서 조금은 알고 있었지만, SS급 헌터는 성준이 대한민국 최초에 유일했기 때문에 놀랄 수밖에 없었다.

-정예 던전이라 그런지 매복의 수가 생각보다 많습니다.

리슈발트가 덧붙였다.

성준은 신철을 보며 입을 열었다.

"매복의 수가 많은 것 같은데 500m 밖의 목표를 공격 마법으로 맞출 수 있으려나?"

"집중할 시간만 있으면 맞출 수는 있습니다."

다른 A급 마법계 헌터들이라면 불가능하다고 말했을 것이다. 하지만 신철은 가능하다고 말했다. 그 모습을 보며 성준은 역시 자신의 눈은 틀리지 않았다고 생각했다. 그에게는 재능이 있었다.

"한 명만 맞추면 돼. 그럼 어그로가 튀어서 다 몰려올 거야."

던전의 마물들은 자리를 지키는 게 일반적이지만 공격을 받으면 추격하는 행동을 취하기도 한다.

"은신한 마물들도 이동을 하게 되면 기척을 감지하기 훨씬 쉬워지죠. 역시 형님이십니다!"

장훈은 당연한 사실을 말하며 고개를 끄덕였다.

신철은 마력을 끌어 올리며 캐스팅을 시작했다. 동시에 장거리 조준 마법을 완성하여 멀리 있는 적을 노렸다.

"아이스 스피어."

시동어를 말하는 것으로 마법이 완성되었다. 냉기를 머금은 얼음 창이 하나 만들어졌다. 여러 개를 만들 수 있지만 완벽한 조준을 위해 하나만 생성한 것 같았다.

신철이 스태프를 살짝 흔들자 아이스 스피어가 바람을 가르며 날아갔다. 동시에 리슈발트도 상황 파악을 위해 마물 무리가 있는 곳으로 빠르게 이동했다.

"맞춘 것 같군요."

신철은 미소를 지었다. 쉽지 않은 일이었지만 그는 아무렇지도 않은 표정으로 말했다. 이윽고 리슈발트가 다가와 입을 열었다.

-화염 광전사 1기가 당했습니다. 마물 무리가 지금 이곳으로 오고 있습니다. 매복한 적들도 함께 움직이고 있습니다.

성준은 두 눈을 가늘게 뜨고 전방을 주시했다. 마물들의 기척이 느껴졌다. 그리고 얼마 지나지 않아서 그들의 모습을 육안으로 관찰할 수 있게 되었다.

"냉기 마법사다! 유신철!"

"실드!"

날카로운 얼음 조각이 쏟아졌다. 신철이 방어 마법으로 대응했다. 성준은 석화 광선을 사용하기 위해 마물 무리를 살폈다.

석화 광선은 회피가 힘들고 방어한다고 해도 저주에 걸리는 무서운 기술이었지만 마력 소모가 심해서 최소 S급 마물에게 사용할 생각이었다.

'찾았다.'

성준의 두 눈이 반짝였다. S급 마물인 용암 대전사가 그의 시야에 들어온 것이다.

"석화!"

두 눈에 마력을 끌어올리며 시동어를 내뱉자 붉은 광선이 쏘아졌다. 용암 대전사는 거대한 방패를 들어 올려 광선을 방어했지만, 그것은 실수였다. 석화 광선은 반드시 회피해야만 했다.

-그워어어어!

방패부터 석화가 시작되었고 그것은 전염병처럼 용암 대전사의 전신을 돌로 물들였다.

"아이템입니까?"

신철이 물었다. 성준은 고개를 끄덕이며 입을 열었다.

"그래. '메두사의 눈'이라는 S급 아이템이야."

"S급 아이템을 사용하는 건 처음 봤습니다. 역시 강성준 씨와 함께 다니니까 신기한 경험을 많이 하네요."

그는 말을 마치며 다시 마력을 운용하며 캐스팅을 시작했고 장훈은 급히 이동하느라 기척을 드러내 버린 암흑 살수들을 처리했다.

"질풍검."

성준은 질풍검으로 일순간 거리를 좁힌 뒤, 현란한 검술로 A급 마물 다섯과 S급 마물 둘을 처리했다. 그 모습을 본 장훈은 혀를 내둘렀다.

상황은 금방 정리되었다.

신철과 장훈이 마정석을 모두 줍자 성준은 다시 공략을 진행했다. S급 정예 던전답게 내부는 매우 넓었고 신철과 장훈은 성준과 달리 '흡수'를 사용하지 못하기 때문에 휴식을 솔플 때보다 휴식을 자주 취해야만 했다.

"여기서 잠깐 쉬자."

성준은 조명 드론들을 순찰 모드로 변경한 후, 중앙에 조명등을 두고 앉았다. 순찰 모드가 된 드론들은 일정한 거리를 순회하며 어둠을 밝히고 있었다.

-중간 보고드리겠습니다.

리슈발트가 다가왔다. 바로 옆에 신철과 장훈이 있었기 때문에 성준은 대답하거나 고개를 끄덕이는 등의 행동을 하지 못했다. 하지만 계속하라는 시선을 보냈고 리슈발트는 차분한 표정으로 입을 열었다.

-자주 휴식을 취하기는 했지만 주군께서 솔플하셨을 때 비해서 공략 속도가 20%에서 30% 정도 빠릅니다. 하지만 동조

율 상승폭이 솔플에 비해 10%에서 20% 정도 줄었습니다.

성준은 리슈발트의 보고를 들으며 육포를 꺼내 입에 집어넣고 씹었다.

-최종적으로 결론을 내리자면 돈을 벌기 위해서는 공략 속도가 빠른 파티 플레이를 추천하지만, 성장을 위해서는 솔플을 하는 게 좋다고 판단됩니다.

고개를 끄덕이지는 않았지만, 성준도 리슈발트의 의견에 동의했다. 그는 따뜻한 스프와 육포를 먹으면서 생각을 정리했다.

휴식 시간은 길지 않았다. 간단하게 요기를 끝내기 무섭게 공략을 재개했다.

"매복!"

공략을 재개하고 30분이 지났다. 지하에서 지상으로 올라왔을 때였다. 저택의 넓은 홀에 성준의 파티가 진입하기가 무섭게 사방에서 중무장한 인간형 마물들이 모습을 드러냈다.

성준은 신철과 장훈에게 큰 소리로 경고하는 것과 동시에 가장 가까운 곳에서 자신의 목을 노려오는 마물의 오른팔을 잘라냈다.

"뱀파이어?"

그들의 정체는 A급 마물 중에서도 최상위 티어로 분류되는 '뱀파이어 기사'였다. 그들의 검에서 붉은 오러가 춤을 추고 있었다.

"형님! 여기는 괜찮습니다!"

장훈의 목소리였다. 두 사람은 A급 최상위 티어인 뱀파이어 기사를 상대로도 잘 버텨주고 있었다. 그들의 걱정은 할 필요가 없어 보였다.

-11시 방향에 지휘관으로 보이는 뱀파이어 귀족이 있습니다. 종족 연합의 휘장을 차고 있으며, 남작위의 귀족으로 추정됩니다.

성준은 입꼬리를 끌어 올렸다. 남작위의 뱀파이어 귀족이면 S급 마물 중에서도 하위로 취급된다.

'환영검을 사용할 필요도 없겠어.'

성준은 고속 이동술을 펼쳤다. 순식간에 뱀파이어 남작과의 거리가 좁혀졌다.

"빠, 빠르다!"

뱀파이어 남작은 성준의 고속 이동술이 생각보다 빠르다는 사실에 크게 당황해서 검을 휘둘렀다. 동시에 혈마법까지 사용하여 교란을 펼쳤지만, 성준의 상대가 되지 못했다.

5번 정도 검을 주고받은 뒤, 그의 목이 날아갔다.

신철과 장훈도 습격을 가한 뱀파이어 기사 11명을 거의 다 정리한 뒤였다. A급 헌터 둘이서 A급 최상위 티어인 뱀파이어 기사들의 기습을 막아내고 그들을 전멸시키는 것은 쉬운 일이 아니었지만, 그들은 해냈다.

"곧 보스방이겠네요."

신철이 말했다. 옆에서 듣고 있던 리슈발트가 고개를 끄덕이며 입을 열었다.

-유신철의 말이 맞습니다. 곧 보스방입니다.

보스방까지 가는 길에도 마물들이 있었지만 어렵지 않게 격파했다. 마지막 적을 상대하고 10분 정도 더 걸어가자 보스방이 나타났다. 그곳의 문을 열자 금색의 갑옷을 입은 장발의 뱀파이어가 그들을 맞이했다.

그의 좌우로 뱀파이어 기사 10명이 시립해 있었다.

"내 말을 알아듣지는 못하겠지만 환영한다. 이계인들이여."

뱀파이어가 입을 열었다.

성준은 그가 누군지 알고 있었다.

-종족 연합의 라오테 후작입니다. 리도니아 대평원에서 죽인 줄 알았는데…… 살아 있었군요.

그의 이름은 뱀파이어 후작 라오테. 리도니아 대평원에서 로우켈 토벌에 참가한 종족 연합의 뱀파이어 귀족 중 한 명이었다.

-마력량으로 볼 때 SS급입니다.

리슈발트가 보고했다.

"종족 연합이 적이라면 나쁘지는 않네."

성준은 아주 작은 목소리로 말했다.

그의 눈동자에서 증오가 흘러넘쳤다.

"라오테 후작이라고 했나?"

성준은 유창한 이계어로 질문했다.

이계어를 모르는 신철과 장훈은 알아들을 수 없었지만 이해하지 못하는 상황은 아니었다. 지구에서도 노력하면 이계어를 배울 수 있었기 때문이다. 다만 어려울 뿐이었다.

"흐음!"

라오테는 이계어를 구사하는 성준을 향해 호기심 어린 시선을 보냈다.

"하찮은 인간, 그것도 이계인 주제에 우리의 언어를 알고 있군?"

종족 연합에서도 고위층을 맡고 있는 뱀파이어나 엘프, 드워프 등의 이종족들은 인간보다 우월한 존재라고 생각하는 경향이 강했다. 그리고 당연하지만 성준은 그들의 그런 점을 좋아하지 않았다.

"우리의 언어는 어디서 배운 것이지?"

"이제 죽을 건데 그런 건 알아서 뭐하려고?"

성준은 가볍게 도발했다.

"그걸 도발이라고 하는 거냐?"

라오테는 태연한 척했지만 도발에 넘어간 것 같았다. 그가 들고 있는 검에 붉은 오러가 깃들었다.

성준은 미소를 지으며 뒤로 두 걸음 물러났다.

"하수인들을 맡길게."

성준은 신철과 장훈에게 하수인들을 맡기기로 했다. 보스를 상대할 때 하수인들이 끼어드는 것만큼 귀찮은 상황은 없었다.

"걱정하지 않으셔도 좋습니다."

"금방 처리하고 합류하겠습니다. 형님!"

두 사람은 자신만만하게 말했다.

"죽여라."

라오테가 명령하자 하수인들, 뱀파이어 기사들이 먼저 움직였다. 성준이 그들을 상대하면서 빈틈이 생기면 기습하려는 생각이겠지만 신철과 장훈이 하수인들을 상대했고 성준은 한 번의 도약으로 라오테의 앞에 착지했다.

"칫!"

라오테는 혀를 차며 혈마법을 완성했다. 바닥에 생겨난 마법진이 붉은 피를 토해냈다. 그것은 날카로운 칼날을 머금은 채 성준을 향해 폭풍처럼 휘몰아쳤다.

-고위 혈마법입니다! 주의하셔야 합니다!

리슈발트가 경고했다. 성준이 보기에도 치명적인 위력인 것 같았다. 대리석 바닥이 엉망으로 갈려 나가고 있었고 바람을 가르는 칼날의 소리는 매서웠다.

"아직 끝나지 않았다!"

라오테가 외쳤다. 성준은 자신의 뒤에서 마력이 움직이는 것을 느꼈다. 고개를 살짝 돌려서 뒤쪽으로 시선을 옮기자 피로 만든 붉은 장벽이 보였다.

'퇴로를 차단한 건가?'

성준이 마법사였다면 자신의 뒤에 마법이 완성되는 것을 내버려 두지 않았겠지만 유감스럽게도 그는 조금 특별하긴 하지만 '회복계' 헌터였다.

-라오테 후작의 검에 저주가 깃들어 있습니다. 한 번이라도 베이면 피가 폭발해서 상처 부위가 완전히 날아갈 겁니다.

리슈발트가 경고했다. 그는 라오테 후작과 정면 대결을 한 경험이 있었기 때문에 잘 알고 있었다.

성준은 라오테 후작을 보며 입꼬리를 끌어 올렸다. 그가 구사하는 혈류폭발은 분명 치명적인 저주였지만 그의 검에 상처 입지 않으면 되는 것이다.

"잘 가라."

"블링크."

퇴로를 완벽하게 차단했다고 생각한 라오테는 손짓으로 피의 폭풍을 전진시켰다.

마치 고속 이동술을 펼친 것처럼 순식간에 거리를 좁혀 오는 피의 폭풍을 보며 성준은 '블링크'를 사용했다.

"블링크라고?"

블링크는 고위 마법사나 제국군 차원 기동부대가 아니면 사용하기 힘든 마법 기술이었다.

예상하지 못한 움직임에 라오테는 잠깐이었지만 당황하고 말았다. 성준은 라오테의 좌측에서 모습을 드러냈다.

"질풍검."

성준은 다수의 검풍과 함께 고속 이동술을 펼치는 기술인 질풍검을 사용해 일순간 거리를 좁혔다.

날카로움을 머금은 검풍이 쏟아졌지만 바닥에 고여 있던 붉은 피가 솟구쳐서 막아냈다.

-능동 방어 마법입니다!

리슈발트가 설명했다.

능동 방어 마법은 한 번 시전해 두면 마력 공급을 중단할 때까지 유지되는 방어 마법이다. 지속적인 마력 소모가 있지만, 방어 마법을 따로 시전할 필요 없이 공격에 집중할 수 있다는 장점이 있었다. 고위 마법으로 분류되기도 하고 술식이 복잡하기 때문에 흔히 볼 수 없는 마법이었다.

-능동 방어 마법을 뚫으려면 오러 정도의 공격력을 지닌 기술이 필요합니다.

"역시 환영검밖에 없나……?"

성준은 혼잣말에 가까운 목소리로 중얼거렸다. 오러를 머금은 31개의 환영검으로 찌르고 베는 그 기술이라면 능동 방어를 쉽게 뚫을 수 있을 것 같았다.

성준은 침착하게 보법을 밟으며 마력을 끌어 올렸다.

라오테는 성준의 몸에 차오르는 마력의 움직임을 보고 심상치 않은 기술이 준비되고 있다는 것을 깨달았다.

"뜻대로 하게 두지 않는다!"

라오테는 피의 창 수십 개를 소환하여 성준을 향해 날려 보냈다. 동시에 자신도 고속 이동술을 펼쳐서 성준과의 거리를 좁혔다.

성준은 피의 창들을 모조리 피하거나 방어할 뿐만 아니라 라오테의 공격을 쳐내고 반격까지 했다.

"큭!"

갑작스러운 반격에 라오테는 신음을 흘리며 물러났다. 능동 방어 마법이 없었다면 꼼짝없이 당하고 말았을 것이다.

'이렇게 완벽에 가까운 검술은 로우켈 이후로 처음이다……!'

라오테는 당황했다. 그러나 침착하게 검술을 펼쳤다.

성준은 그와 검을 주고받으면서 보법을 펼쳐서 차분하게 거리를 벌렸다. 그리고 그 순간 마력을 끌어 올리며 라오테를 향해 검을 내찔렀다.

"환영검!"

"이 기술은!"

31개의 환영검이 빠른 속도로 라오테를 노렸다. 짧은 순간이었지만 라오테는 환영검을 본 순간 능동 방어로는 방어할 수 없다는 것을 직감했다. 그는 붉은 오러를 머금은 검을 휘두르면서 방어 목적의 고위 혈마법의 캐스팅을 완성하는 기염을 토해냈다.

하지만 환영검을 모두 방어하는 것은 뱀파이어 후작에 불과한 그의 실력으로는 불가능한 일이었다.

"크악!"

고통에 찬 비명과 함께 왼팔이 날아갔다. 전력을 다했지만, 결과는 냉정했다. 라오테는 혈마법으로 출혈을 막으며 뒤로 물러났다.

"말해봐라. 이계인…… 어떻게 네가 로우켈만 알고 있는 잊혀진 기술을 알고 있는 거냐……."

설마 살아서 '환영검'을 다시 보게 될 줄은 몰랐다. 라오테의 목소리가 심하게 떨리고 있었다.

성준은 입꼬리를 끌어 올리며 주변 상황을 살폈다. 신철과 장훈은 잘해주고 있었다. 남아 있는 뱀파이어 기사는 다섯 명이 전부였다.

성준은 차분한 표정으로 입을 열었다.

"가서 전해."

입을 여는 것과 동시에 고속 이동술을 펼치자 성준의 모습이 사라졌다. 라오테는 후방에서 기적을 느끼고 급히 몸을 돌렸다.

하지만 그곳에 성준은 없었다. 다시 기척이 느껴진 곳은 우측이었다.

"로우켈이 돌아왔다고."

"제기랄!"

섬광과도 같은 일격에 오른팔마저 잘렸다. 끔찍한 고통을 이기지 못하고 잘려 나간 팔을 휘적이는 라오테를 보며 성준은 얼음처럼 차가운 미소를 머금었다.

"가서 전할 수 있다면 말이야."

그는 라오테의 심장을 노리고 검을 내찔렀다.

라오테는 전력을 다해 피하려고 했지만 두 팔이 잘린 시점부터는 균형을 잡는 것조차 힘들어서 고속 이동술을 펼치는 것은 불가능에 가까웠다.

푸욱!

"크헉!"

결국 폐가 관통당했다. 라오테의 입 밖으로 붉은 피가 쏟아졌다.

성준은 멈추지 않았다. 그는 단검을 뽑아 연격을 펼쳤다. 단검이 라오테의 목을 그었다. 붉은 피가 분수처럼 솟구쳤다. 재생력이 뛰어난 뱀파이어라고 할지라도 치명상이었다.

"크윽! 제기랄!"

라오테는 절망감을 느꼈다. 그는 냉정하게 판단했지만 아무리 봐도 승산이 없었다. 고통이 심해서 출혈을 멎게 하는 혈마법조차 쓸 수 없었다.

이윽고 성준은 라오테의 폐를 관통한 검을 뽑아내서 휘둘렀다. 라오테의 복부를 베었다. 그가 이어서 검을 내찌르자 라오테의 왼쪽 어깨가 관통당했다.

"크악!"

라오테가 비명을 토해냈고 성준은 싸늘한 미소를 흘리며 입을 열었다.

"종족 연합의 앞잡이 놈아. 쉽게 죽이지는 않을 거니까, 걱정하지 마라."

"제, 제발…… 살려줘……!"

성준이 흘린 살기에 공기가 얼어붙는 것만 같았다. 라오테는 살려달라고 애원했지만 성준의 표정은 여전히 차가웠다.

"미안하지만 적에게 자비를 베푸는 것만큼 멍청한 짓은 없다고 생각해서."

"크아아악!"

칼날 끝이 라오테의 오른쪽 허벅지에 파고들었다. 고통이 심해질수록 살 수 없다는 절망이 선명해졌다.

라오테는 비명조차 지르지 못할 때까지 성준에게 고문 당한 뒤에서야 목숨이 끊어졌다.

"흡수."

성준은 라오테의 시체에서 마력을 흡수했다.

-동조율 53%가 되었습니다.

리슈발트가 동조율의 상승을 보고했다. 성준은 만족스러운 표정으로 고개를 끄덕였다.

"여기도 다 정리했습니다."

신철의 목소리였다. 장훈은 숨통이 붙어 있는 마지막 뱀파이어 기사의 가슴에 대검을 꽂아 넣고 있었다.

"이제 돌아가자."

S급 정예 던전을 클리어했다. 이제 돌아가는 일만 남았다.

S급 정예 던전을 클리어하고 마정석을 매각했다. 성준의 몫은 800억 원 정도였다. 휴식 시간을 포함해도 공략 시간이 오래 걸리지 않았기 때문에 파티 플레이의 효율이 증명되었다.

다만, 신철과 장훈은 재능이 있다고는 하지만 '흡수' 같은 기술을 사용할 수 없었기 때문에 S급 던전을 한 번 공략하면 일주일 이상을 쉬어야만 했다. 그래서 파티 플레이와 솔로 플레이를 번갈아 가면서 해야 했다.

"오늘은 조금 피곤하네."

성준은 넓은 정원의 한 켠에 놓인 의자에 앉아 나른한 오후를 보내고 있었다. 신철과 장훈도 S급 정예 던전을 공략하고 이틀도 지나지 않았기 때문에 별채에서 휴식을 취하고 있었다.

방어 설비를 공사하는 소음만이 정적을 깨고 소란스럽게 귓가에서 울리고 있었다.

"다과를 가져왔습니다."

관리인 한 명이 다가와 탁자 위에 차와 과자를 두고 갔다. 저택이 너무 넓었기 때문에 관리인을 3명 고용한 상태였다.

공사 중인 정원을 보며 멍하니 시간을 보내고 있을 때였다.

스마트폰이 울렸다. 성준은 스마트폰을 꺼내 화면을 확인했다. 나한수 소장이었다.

"여보세요."

-이사장님. 연구소 설비 확충 공사가 끝났습니다. 보고드려야 할 것 같아서요.

"아…… 감사합니다. 연구소가 얼마나 달라졌는지 한번 보고 싶네요."

-오늘 찾아오셔도 될 것 같습니다. 공사가 끝난 지 얼마 되지 않아서 아직 어수선해서요. 이사장님께서 방문하시면 분위기도 잡힐 것 같습니다.

"그럼 바로 가겠습니다."

성준은 차고로 이동했다. 그는 차를 타고 연구소로 향했다.

주성은 책임 연구원이 주차장에서 성준을 기다리고 있었다. 그녀는 성준의 헌터 세단을 발견하기 무섭게 고개를 숙여 정중하게 인사했다.

"별일 없었죠?"

성준이 물었다. 성은은 고개를 끄덕이며 입을 열었다.

"네. 특별히 보고할 만한 일은 없었습니다."

그녀는 먼저 발걸음을 옮겼다.

"이쪽으로 오시죠. 연구소 내부 설비를 확인시켜 드리겠습니다."

성준은 성은의 안내를 받아 연구소 내부 시설을 확인했다. 중간에 한수가 합류했다.

그는 자신감 넘치는 표정으로 새로 배치된 연구 설비를 소개했다. 연구소 방문이 끝나고 돌아온 성준은 정철로부터 방어 설비 공사가 끝났다는 보고를 듣게 되었다.

이제 수혁을 부를 차례였다.

3장
블라디미르

　대한민국 정부에서는 성준을 보호하고 감시하기 위해 무장 정보기관 '백호'를 창립했다. 그들은 아직 성준에 대한 본격적인 보호 감시를 시작하지 않았지만 나준열이 수장을 맡게 되면서 슬슬 움직이기 시작했다.

　"설마 러시아에서 이렇게 나올 줄이야!"

　A급 헌터이자 백호의 해외공작팀을 맡고 있는 김호준 팀장은 부하 정보원이 제출한 어떤 보고서를 읽고는 심각한 표정이 되어 자리를 박차고 일어났다. 그는 황급히 나준열의 집무실을 향해 발걸음을 재촉했다.

　하지만 준열은 집무실에 없었다.

　"나준열 국장님은 어디에 계시지? 급한 일이다."

호준은 집무실 경비를 맡고 있는 직원에게 물었다.

"10분 전에 상황실로 이동하셨습니다."

"고맙다."

호준은 즉시 상황실로 걸음을 옮겼다. 상황실에 들어서자 직원의 말대로 준열의 모습을 찾을 수 있었다. 그는 기술 요원과 함께 상황실 내부에 설치된 기계들을 점검하고 있었다.

"김호준 팀장? 무슨 일입니까?"

준열은 안경을 고쳐 쓰며 물었다.

"러시아 정보국이 움직였습니다."

"일단 집무실로 가서 이야기하죠."

호준의 입에서 러시아 정보국이 나오자 준열은 자리를 옮길 것을 제안했다. 호준이 고개를 끄덕이자 두 사람은 준열의 집무실로 자리를 옮겼다. 마침 집무실을 청소하고 있던 직원까지 내보낸 뒤, 준열이 입을 열었다.

"자세한 설명을 부탁드립니다."

"러시아 정보국 국외 공작팀 소속의 S급 헌터 블라디미르가 팀원들과 함께 밀입국한 정황을 포착했습니다."

"그래도 밀입국한 것을 용케 알아냈네요."

준열은 감탄했다.

러시아 정보국에서도 해외의 암살 및 공작을 담당하는 국외 공작팀은 은밀하게 움직이는 것으로 유명했다. 국정원과 백호의 정보력으로는 그들의 움직임을 완벽하게 추적하는 게 힘들 정도였다.

"사실 이것도 운이 좋았던 겁니다. 국정원에서 밀입국으로 추정되는 외국인 명단을 재조사하다가 우연히 알게 되었습니다."

"그렇다면 블라디미르는 언제 밀입국한 겁니까?"

"한 달 전에 밀입국한 것으로 추정됩니다. 아마 지금쯤이면 국내에 거점을 만들고 행동을 시작했을 겁니다."

호준은 자신의 의견을 보고했다. 러시아 정보국 소속 요원의 능력이라면 한 달 만에 거점을 만들고 정보 파악을 끝내기에 충분했다.

"인원은요?"

작전 중인 적의 인원을 파악하는 것은 매우 중요한 문제다. 하지만 호준은 심각한 표정으로 고개를 숙일 뿐이었다.

"파악하지 못한 겁니까?"

"면목 없습니다."

블라디미르는 러시아 정보국의 요원들 중에서도 신분이 노출된 상태였기 때문에 꼬리를 잡는 게 비교적 쉬웠지만 다른 요원들의 정보는 국정원과 백호의 정보력으로는 알아내기 힘들었다.

"밀입국했다는 사실이라도 알아내서 다행입니다."

준열이 말했다. 그것조차 알아내지 못했다면 백호는 물론이고 국정원의 존재 이유가 없었다. 그나마 우연이라도 알아냈기 때문에 대응책을 생각할 수 있었다.

"국정원에 지원 요청하세요. 그리고 강성준 씨 저택 주변에도 요원을 배치하겠습니다만 눈치챌 수도 있으니 직접적인 감시는 생략하는 게 좋을 것 같습니다."

"일정 지점마다 요원을 배치해서 문제가 생기면 바로 지원할 수 있도록 하겠습니다."

성준의 기척 감지가 뛰어나다는 사실은 준열은 물론이고 호준도 알고 있었다.

"그게 좋을 것 같네요. 그렇게 하세요."

"알겠습니다."

준열의 지시에 호준이 고개를 끄덕이며 대답했다. 백호가 본격적으로 움직이기 시작한 것이다.

국정원과 백호 측에서는 러시아 정보국의 블라디미르가 성준을 노리고 밀입국했다는 사실을 그에게 알려주지 않았다.

백호의 국장인 나준열은 성준에게 위험을 경고해야 한다고 주장했지만, 백호의 다른 간부들과 국정원이 기관의 정보를 공유할 수 없다는 말도 안 되는 이유를 들먹이면서 반대했다.

그래서 성준은 다가오는 위험도 모른 채 일상에 집중하고 있었다.

"C동의 건설이 끝났습니다."

공사 책임자가 보고했다.

성준은 방어 설비의 공사를 의뢰하면서 4층 규모의 별채의 건설도 의뢰했었다. 2층 규모의 A동과 B동이 있었지만, A동은 신철과 장훈이 쓰고 있었고 B동은 국가에서 파견해준 경호원들이 사용하기에는 좁았다. 그래서 4층 규모의 별채, C동의 건설을 의뢰한 것이었다.

"수고 많으셨습니다. 한 번 살펴봐도 되겠죠?"

"물론입니다."

성준은 공사 책임자와 함께 C동을 살폈다. 당장 경호원들이 와서 숙식을 해결해도 될 정도로 모든 준비가 끝나 있었다.

그는 크게 만족했고 공사 책임자도 흐뭇한 표정을 지었다.

방어 설비와 숙소로 사용할 C동의 건설이 끝난 것을 기념해서 성준은 가장 크게 고생한 정철을 저택으로 초대했다.

정철이 타고 있는 차가 저택의 열려 있는 대문을 통해 들어왔다. 최신식 스캐너가 대문에 설치되어 있었지만, 성준의 지시로 정철에게 사용하지 않았다.

"제가 설계했지만 정말 요새 같은 곳이네요."

정철은 차에서 내리면서 감상을 말했다. 방어 설비 공사가 끝나고서는 첫 방문이었다. 그는 예리한 시선으로 정원을 훑었다.

평범한 정원같이 보였지만 잔디 밑에 자동 포탑이 매설되어 있었다. 옥상에는 기관총 진지도 설치되어 있었으며 방어 명령이 떨어지면 주요 지점에 엄폐물이 설치되도록 설계되어 있었다.

"경호원은 몇 명이나 있는 겁니까?"

"28명입니다. 그중에서 B급 헌터는 2명입니다."

"B급 헌터 2명이 포함된 28명의 경호원이라······ 국가에서 신경을 많이 썼네요."

경호원 28명이면 국가에서 개인을 위해 제공한 경호 인원치고는 많은 수였다. 성준도 헌터 닷컴 같은 곳에서 듣는 정보가 있었기 때문에 그 정도는 알고 있었다.

"강성준 씨가 없더라도 여기를 공략하려면 꽤 많은 화력이 필요할 것 같네요."

정철은 희미한 미소와 함께 말했다. 성준은 고개를 끄덕이며 입을 열었다.

"쉽게 공략되지는 않을 겁니다. 바람도 차가운데 이제 안으로 들어갈까요?"

"아······ 좋지요. 기대됩니다."

두 사람은 식당으로 이동했다. 신철과 장훈은 술을 마시러

외출했기 때문에 식당에는 성준과 정철, 두 사람밖에 없었다.

고용된 관리인이 식탁 위에 요리가 담긴 접시들을 올려놓았다. 그들은 식사를 하면서 여러 대화를 나눴다. 식사가 거의 다 끝나갈 때가 되자 성준은 진지한 표정으로 입을 열었다.

"박정철 씨. 지금 소속된 공략팀이 없다고 들었습니다."

성준의 물음에 정철은 술잔을 들어 올리며 미소 지었다.

"스카웃 제안입니까?"

"그렇다고 볼 수 있죠."

비워진 술잔을 내려놓으며 정철은 성준을 향해 시선을 옮겼다. 잠깐의 침묵은 무겁게만 느껴졌다.

성준은 긴장한 표정을 숨겼다. 거절당하면 어쩔 수 없겠지만 가능하면 정철을 자신의 사람으로 만들고 싶었다. 그가 합류하면 전력도 증가하겠지만 정보력도 얻을 수 있기 때문에 꼭 필요한 인재였다.

"당연히 제안을 받아들이겠습니다. 대한민국 최초이자 유일의 SS급 헌터가 있는 정규 공략팀이 아니면 어디에 들어가겠습니까?"

정철이 대답했다.

그는 성준과의 튼튼한 연결 고리를 원했다. 같은 공략팀 소속이 되는 것만큼 튼튼한 연결 고리는 없었다.

"가까운 시일 내에 길드도 만들 생각이시죠?"

그는 눈치가 빠른 편이었다. 설명은 없었지만, 성준의 의도를 어느 정도 눈치채고 있었다.

"물론이죠. 길드를 만들 생각이 없었다면 정규 공략팀도 만들지 않았을 겁니다."

정규 공략팀과 길드는 여러 차이가 있었지만, 세금이 가장 차이가 컸다. 하지만 성준은 길드세 면제라서 길드를 만들어도 세금을 내지 않고 혜택을 받을 수 있다. 그래서 길드를 만들지 않고 정규 공략팀만 유지하는 게 오히려 손해라고 볼 수 있었다.

"길드 만들면 간부 자리 정도는 주실 거라고 생각합니다."

"부길드장은 무리라도 간부직 정도는 당연히 드려야죠. 하하하."

성준은 말을 마치며 가벼운 웃음을 흘렸다. 정철도 미소를 지으며 술잔을 채웠다. 두 사람은 깊은 밤이 될 때까지 술을 마셨다.

정철은 저택의 별채에 들어와서 사는 것을 포함한 성준의 제안을 모두 받아들였다. 그날 정철은 늦은 밤이 되어서야 대리 운전사를 불러서 집으로 돌아갔다.

다음날 성준은 동조율을 올리기 위한 던전 공략 일정을 잡기 위해 던전 관리국으로 출발했다.

-유신철과 박장훈이 휴식 기간이라서 안타깝군요.

리슈발트가 말했다. 성준은 차를 운전하며 고개를 끄덕였다.

"어쩔 수 없지. 나랑은 다르잖아."

성준은 로우켈의 비전 기술인 '흡수'를 사용할 수 있는 유일한 헌터였다. 그래서 체력과 마력의 보충이 가능했기 때문에 '무한 동력'이라는 별명을 얻을 정도로 자주 던전에 출입할 수 있었다.

-동조율 55%가 되면 각성 던전을 열 수 있습니다. 이번에는 어떻게 원한을 갚을 수 있을지 기대됩니다.

"나도 그래."

아직도 각성 던전이 열리는 구조는 불명이었지만 한 가지 분명한 것은 로우켈의 원한이 남은 곳에 열린다는 것이었다.

"각성 던전에 대해서 조금 더 알고 싶은데…… 정보를 알 수가 없네……"

-이럴 때 제로스 경이 있었다면 좋았을 텐데 말입니다.

제로스는 성준의 전생 시절에 그를 믿고 따라 다녔던 젊은 마도학자의 이름이었다. 그는 차원 공학에도 깊은 지식을 가지고 있었다. 지금 그가 곁에 있었다면 많은 도움을 받았을 것이다.

-제로스 경을 다시 만날 수는 없겠죠?

"이미 죽었을 거니까 불가능해."

성준은 냉정하게 말했다.

제로스는 로우켈을 따랐던 대표적인 인물 중 한 명이었다. 리도니아 대평원에서 성준의 전생이 끝을 고했을 때, 제국의 황제가 측근들을 가만히 놔두었을까? 정답은 '아니오'다. 대대적인 숙청이 있었을 것이고 제로스 또한 목숨을 잃었을 것이다. 성준은 그렇게 생각하고 있었다.

-그렇군요. 안타까운 현실입니다.

제로스를 다시 만날 수 없다는 사실이 안타까운 것인지 리슈발트는 작은 목소리로 말했다. 그는 제로스와 사이가 좋았었다.

"원래 현실은 잔혹해."

성준은 차가운 표정으로 말했다.

이윽고 던전 관리국 주차장에 도착했고 성준은 주차를 끝내기 무섭게 차에서 내렸다.

"이제부터라도 우리가 제로스의 원한을 갚아주면 되는 거야. 알겠지?"

-동의합니다. 전력을 다해 보조하겠습니다.

"좋아, 일단 던전 솔플 신청하러 가자."

성준의 말에 리슈발트는 대답 대신 고개를 끄덕였다. 둘은 솔플 일정을 잡기 위해 대화를 멈추고 던전 관리국으로 들어갔다.

그리고 아주 먼 곳에 위치한 건물 옥상에서 그들을 지켜보는 2명의 남자가 있었다.

"니콜라이 님. 대상이 던전 관리국에 들어간 것을 확인했습니다."

고배율 망원경으로 던전 관리국 방향을 감시하고 있던 남자가 보고했다. 그러자 금발에 선글라스를 끼고 담배를 피우고 있던 남자가 무전기를 들어 올렸다.

"블라디미르 선배님? 이쪽은 클리어했습니다."

-방금 서버에 접속했다. 강성준 헌터의 솔플 일정을 확인했다. 공격 일정을 잡을 거니까 거점으로 귀환하도록.

"알겠습니다."

음모가 시작되려 하고 있었다.

늦은 밤이 되었다. 성준의 저택에도 밤이 찾아왔다.

A급 던전을 솔플 공략 중인 성준이 돌아오려면 시간이 더 걸릴 것이라고 판단한 블라디미르는 함께 밀입국한 니콜라이와 휘하 팀원들에게 공격 명령을 내렸다.

블라디미르가 직접 지휘하는 30명의 알파팀과 니콜라이가 통솔하는 20명의 베타팀은 성준의 저택 근처에 도달했다.

일대에 국정원과 백호의 요원들이 배치되어 있었지만, 러시아 정보국 요원들은 그들의 눈을 피하는 것에 익숙했다.

"정보에 의하면 저택은 이미 방어 설비를 갖췄다고 합니다."

니콜라이가 보고했다. 그는 현지의 정보원으로부터 저택이 요새화되었다는 정보를 입수했었다.

블라디미르는 고개를 끄덕이며 입을 열었다.

"우리가 움직인다는 정보가 유출된 건 아니겠지?"

"그건 아닐 겁니다. 은폐 공작은 확실히 펼쳐두었습니다."

"그렇다면 단순히 안전에 예민한 성격인가 보군."

높은 등급의 헌터들 중에선 가끔 가족의 안전을 신경 쓰는 이들이 있었다. 이해하지 못할 일도 아니었다.

"도면은 확보했나?"

블라디미르가 물었다. 도면이 있으면 저택에 설치된 방어 설비의 위치를 자세히 알 수 있기에 공격할 때 팀원들의 피해를 줄일 수 있다.

"죄송합니다. 도면을 얻으려고 시도하면 노출될 위험이 있었습니다."

"그러면 어쩔 수 없지. 이대로 진행한다."

도면이 있으면 좋겠지만 없어도 상관없다고 생각했다. 정보에 의하면 저택을 지키고 있는 경호원들보다 알파팀과 베타팀의 병력이 많고 더 정예화되어 있기 때문이었다.

"작전 목표를 다시 전달하겠다. 목표는 강성준의 가족인 강수혁이다. 목표 대상을 제외한 전원을 사살해도 좋다, 아니,

사살해라. 증거를 남겨둬서는 안 된다."

블라디미르가 말했다. 알파팀과 베타팀의 소속 팀원들은 대답 대신 고개를 끄덕였다.

'강성준이 돌아오기 전에 모든 일을 끝내야 한다.'

성준이 돌아오면 모든 게 끝이다.

블라디미르는 전원 헌터들로 구성된 소수 정예팀을 요청했지만, 러시아 정보국에서는 미국과 첩보전이 한창이었기 때문에 일반 요원들이 섞인 팀을 보내주었다.

"은신조가 먼저 진입한다."

블라디미르의 지시에 알파팀 중에서도 은신 능력이 있는 5명이 먼저 움직였다. 그들의 역할은 방어 설비의 무력화와 주변을 경계하고 있는 경호원들의 암살이었다.

은신조 5명은 조심스럽고 은밀한 움직임으로 저택의 담을 넘었다. 그들이 정원을 가로지르려고 시도하는 순간이었다.

삐빅!

기계음과 함께 환한 섬광이 터졌다. 블라디미르는 그것의 정체를 한눈에 파악했다.

'은신 해제기까지 갖추고 있었단 말이야?'

그는 경악했다. 은신 탐지기와 달리 해제기는 마력의 파장에 간섭하여 은신을 강제로 해제시킬 수 있다. 가격이 아주 비싸고 희귀하기 때문에 SS급이라고는 하지만 일개 헌터가 갖추고 있을 것이라고는 상상도 하지 못했다.

정원으로 침투했던 5명의 은신이 해제되었다. 동작을 감지하는 자동 조명이 그들에게 향했다.

"침입자다! 경보 울려!"

보초탑에서 주변을 경계하고 있던 경호원이 거치된 기관총을 장전하며 외쳤다. 경보가 울려 퍼지자 C동에서 대기하고 있던 경호원들이 뛰쳐나와 각자의 위치로 이동했다. 그리고 정원에 매설되어 있던 자동 포탑이 모습을 드러냈다.

"제기랄!"

자동 포탑이 먼저 불을 뿜었다. 은신조 5명을 향해 총탄과 유탄이 비처럼 쏟아졌다.

"시, 실드!"

마법계 헌터였던 1명이 황급히 실드를 펼쳤고 다른 이들은 옆으로 몸을 던져 총탄 세례를 피했다.

쏟아지는 총탄과 유탄에 피격되었지만 실드는 멀쩡했다.

"하하하! 계속 쏴봐라!"

마법계 헌터는 호기롭게 외쳤다. 그사이 같은 은신조 소속의 헌터 2명은 벌집이 되어 쓰러졌다. 다른 이들은 총탄을 피하거나 무기를 꺼내 들어 방어했다.

"보초탑을 먼저 처리한다."

마법계 헌터에게 시선이 집중된 사이 남은 2명은 원거리 공격을 위한 단검을 꺼내 들었다. 그들은 오러 사용자였지만 참격을 날려 보낼 정도의 실력자들은 아니었다.

"커헉!"

그들이 단검을 투척하려는 순간이었다. 어디선가 날아온 아이스 스피어가 방어 마법을 꿰뚫고 마법계 헌터의 흉부를 찔렀다.

마법계 헌터는 차가운 흙바닥에 쓰러져 붉은 피를 흘렸다.

"B급 마법계 헌터의 방어 마법이 일격에 뚫렸다고? 이거 최소 A급 헌터잖아!"

"당황하지 마라! 이 정도 저항은 예상했다. 우선 지원을 요청한다!"

러시아 정보국의 헌터는 무전기를 들어 올렸다.

"노출되었습니다! 긴급 지원 요청!"

-이미 내가 알파팀과 가고 있다.

블라디미르가 직접 무전에 답했다.

쾅!

거대한 불덩이가 보초탑에 명중했다. 불길에 휩싸인 보초탑이 쓰러지는 것과 동시에 블라디미르와 알파팀이 담장을 넘어왔다.

그들을 향해 자동 포탑이 연신 불을 뿜었다.

"실드."

알파팀의 마법계 헌터들이 방어 마법을 펼쳐서 총탄 세례를 막아냈다. 이윽고 요원들이 자동소총을 꺼내 반격했다.

총격전이 벌어졌다.

"베타팀은 어디에 있습니까?"

"국정원과 백호의 요원들을 처리하는 대로 합류할 거다."

블라디미르가 대답했다. 눈동자를 움직여 빠르게 주변을 훑었다. 무장경찰국의 병력이 도착하기 전에, 그러니까 10분 안에 상황이 종료되어야 한다는 것을 그는 잘 알고 있었다. 무장경찰관들이 개입하면 일이 귀찮아질 확률이 매우 높았다.

"산개해서 공격한다. 방어 설비는 내가 무력화시키겠다."

블라디미르는 말을 끝내기 무섭게 고속 이동술을 펼쳤다. 헌터 출신 경호원 둘이 그의 앞을 막아섰지만…….

"방해된다!"

블라디미르가 휘두른 검에 모두 목이 날아갔다.

경호원들은 블라디미르를 향해 총구를 겨누려고 노력했지만, 일반인이 반응하기에는 S급 헌터의 움직임이 너무 빨랐다.

"크아악!"

"커헉!"

경호원 여럿이 피를 쏟으며 쓰러졌다. 자동 포탑도 절반 이상이 무력화되었다. 수혁의 경호 책임자인 B급 마법계 헌터 한경민은 1선에서 전투 중인 경호원들을 모두 2선으로 후퇴시켜

서 로드의 팀원들과 합류하게 했다.

다행히 정철이 이사가 끝나면서 B동에서 지내고 있었다. A급 헌터 한 명은 큰 전력이었다.

"이딴 짓을 하는 게 도대체 누구야?"

장훈이 분노한 표정으로 말했다. 신철은 적들의 총격을 마법으로 방어하면서 입을 열었다.

"나도 몰라. 확실한 건 S급 헌터가 한 명 있어."

신철은 블라디미르의 마력 반응을 보고 그가 S급 헌터라는 사실을 쉽게 추측했다. 그의 곁으로 정철이 다가왔다.

"무장경찰국에 지원을 요청했습니다. 가까운 초소에서 지원 병력이 올 겁니다."

"통신 전파는 차단되었던 게 아니었습니까?"

신철이 물었다. 처음 공격이 시작되었을 때 신철이 무장경찰국에 지원을 요청하려고 연락했지만 방해 전파 때문에 연결되지 않았었다.

"제가 방해 전파를 해킹했습니다. 쉽지는 않았지만 가능은 하더군요."

블라디미르에게는 유감스러운 사실이었지만 정철은 이런 일에 전문가였다.

"그건 그렇고 저지선도 무너진 모양입니다."

정철은 창을 들어 올렸다. 푸르스름한 오러가 깃들었다.

"이 정도면 충분히 버텼다고 생각합니다. 습격자들은 못해도 25명 이상이니까요."

신철이 말했다. 대부분 헌터들로 구성된 다수의 습격자를 상대로 이 정도 버틴 것만 해도 기적이었다. S급 헌터인 블라디미르가 없었다면 더 버틸 수 있었을 것이다.

그렇다고 해서 방어 설비와 경호원들이 전멸한 것도 아니었다. 아직 소수가 남아서 버티고 있었다.

"S급 헌터를 처리해야 할 것 같습니다."

정철은 냉정하게 상황을 판단했다. S급 헌터가 방어 설비를 모조리 무력화시키고 있었다. 그를 저지하지 않으면 본채까지 적이 침입할 우려가 있었다.

"저도 같은 생각입니다. 그런데 저희가 S급 헌터를 저지할 수 있을까요?"

"못해도 강성준 씨나 무장경찰국의 지원이 올 때까지 시간을 벌어야 합니다."

신철은 자신이 없었지만 이대로 당하고만 있을 수는 없었다. 정철은 창을 꽉 쥐고는 블라디미르의 움직임을 추적했다.

그리고 그의 움직임을 예측한 순간, 고속 이동술을 펼쳐 거리를 좁혔다. 블라디미르는 빠른 속도로 거리를 좁혀 오는 정철의 존재를 감지하고 검을 휘둘렀다. 동시에 변형된 오러가 채찍처럼 정철의 팔을 휘감았다.

"허억!"

정철은 당황했지만, 다행히 칼날 형상을 한 오러가 아니었기 때문에 잘려 나가지는 않았다. 하지만 그렇다고 해서 안도할 만한 건 아니었다.

"쇼크."

"크아아악!"

블라디미르가 시동어를 내뱉자 오러를 타고 마력의 물결이 정철의 몸에 침투하여 내부를 헤집었다. 그는 끔찍한 고통을 참지 못하고 비명을 내지르며 나가떨어졌다.

"끝이다."

블라디미리는 종언을 선고하며 쓰러진 정철에게 검을 내찔렀지만 장훈의 대검에 가로막히고 말았다.

"아이스 스피어."

이어서 신철이 아이스 스피어 4개를 쏘아 보내 블라디미르를 견제했다. 치열한 전투가 벌어졌고 장훈은 피투성이가 되어 무릎을 꿇었다. 신철도 마력이 바닥난 것인지 안색이 창백했다. 방어 설비도 대부분 무력화되었으며 경호원 또한 책임자인 한경민을 제외하고 전멸했다. 하지만 알파팀도 피해가 심각했다. 투입된 30명의 요원 중에서 19명이 죽거나 치명적인 부상을 입었다.

"피해가 심각합니다. 목표 대상을 확보한 뒤, 베타팀과 합류해서 신속하게 현장을 이탈해야 합니다."

부하 요원이 보고했다. 블라디미르는 입술을 깨물었다.

"설마 이 정도일 줄이야…… 강성준의 저택 방어 시스템을 너무 얕본 모양이다."

이윽고 그의 시선이 부하 요원에게 향했다.

"니콜라이는?"

"시, 실은…… 니콜라이 님의 베타팀과 연락이 되지 않습니다."

"뭐라고?"

블라디미르의 동공이 커졌다. 그는 통신 장비를 꺼내 니콜라이와 베타팀의 신호를 추적했지만, 반응이 없었다. 당황한 기색이 역력한 그의 앞에 뭔가가 툭 하고 떨어졌다.

"니콜라이!"

그것은 니콜라이의 머리였다. 동시에 뒤에서 기척이 느껴져서 몸을 돌리니 그곳에는 성준이 싸늘한 표정으로 서 있었다.

"초대하지도 않았는데 와서 깽판을 쳐? 죽고 싶으면 메일을 보내지 그랬어. 그냥 죽여줬을 텐데……"

블라디미르는 러시아인이라서 한국어를 이해하지 못했지만, 그가 매우 화가 난 상태라는 것은 본능적으로 직감했다.

'뭔가 잘못됐다…… 어떻게 벌써 A급 던전을 공략한 거지?'

블라디미르는 마른침을 삼켰다. 그는 이번에 성준이 공략 신기록을 세웠다는 사실은 전혀 알지 못했다.

"뭔가 싸해서 빨리 끝내고 왔더니 이런 난리가 벌어졌네……"

성준은 검을 들어 올렸다. 동시에 블라디미르는 부하들에게 수신호를 보냈다.

-당장 제압하라!

다급함이 역력한 명령에 러시아 정보국의 헌터들이 오러를 반짝이며 성준을 향해 달려들었다. 다수의 공격에도 불구하고 성준은 차분한 표정이었다.

"살아서 돌아갈 생각은 버려."

검을 들어 올리자.

"폭풍검."

검풍이 휘몰아쳤다. 그것은 사나운 폭풍이었다.

"크아아악!"

"커헉!"

"살려……!"

성난 폭풍처럼 휘몰아치는 날카로운 검풍은 러시아 정보국 헌터들을 찢고 베었다. 비명이 쏟아졌고 살려달라는 애원도 터져 나왔지만 유감스럽게도 성준은 이계어는 알아도 러시아어는 몰랐다. 알고 있었더라도 살려달라는 애원을 절대 들어주지 않았을 것이다.

"이, 이게…… SS급 헌터……?"

블라디미르는 눈앞에서 벌어지는 참혹한 광경을 부정하고

싶은 심정이었다.

러시아 정부가 강성준을 왜 탐내는 것인지! 그리고 어째서 그와 교전하지 말라고 한 것인지…….

그 이유를 블라디미르는 성준을 직접 보고 나서야 깨달았다.

"괴물이다…… 이건 괴물이야!"

경호원들과의 교전에서 살아남은 부하들이 순식간에 시체가 되었다. 그들 중에는 A급 헌터도 2명 포함되어 있었다.

그들은 평범한 A급 헌터도 아니었다. 러시아 정보국에서 살상 기술을 전문적으로 익힌 베테랑들이었다.

최정예였기 때문에 쉽게 당할 것이라고 생각하지 못했다. 그러나 그 생각은 빗나가고 말았다.

"30초 만에 전멸이라고……?"

"다음은 너다."

성준이 말했다. 서로 말은 통하지 않았지만, 블라디미르는 시선에서 살기를 느끼고 자신의 차례가 왔음을 직감했다.

그는 긴장한 표정을 애써 감추며 말없이 검을 들어 올렸다. 검에 깃든 푸르스름한 오러가 불안하게 떨려오는 게 블라디미르의 속내를 짐작할 수 있게 했다.

한 차례의 시선 교환과 함께 두 사람은 서로를 향해 달려들었다. 블라디미르가 먼저 성준을 향해 일격을 가했다. 변형된 오러가 그의 오른팔을 휘감았다.

'됐다!'

블라디미르의 입가에 선명한 미소가 번졌다. 채찍으로 변형된 오러가 오른팔을 휘감은 순간 그는 승기를 잡았다고 확신했다.

하지만 그 감정은 곧 절망으로 물들었다.

"하앗!"

성준이 기합과 함께 마력을 방출하여 팔을 휘감은 오러를 녹여 버린 것이었다.

압도적인 마력의 방출로 상대방의 마력을 침식하여 녹이는 것은 마력의 양이 차이가 크게 날 때만 할 수 있는 무식한 방법이었다.

'설마 내가 이런 무식한 방법에 당할 줄은!'

블라디미르는 S급 헌터였고 임무에 투입될 때면 조우하는 적들은 늘 약한 이들이었다. 그래서 압도하는 전투만 겪어온 그에게 압도당하는 것은 익숙한 일이 아니었다.

"제기랄!"

"끝이야."

블라디미르는 급히 검을 회수했지만, 성준은 이미 그의 배후로 이동한 뒤였다. 블라디미르는 몸을 돌려 방어 자세를 취했다.

'돼, 됐다! 완벽해!'

전력을 다한 덕분에 완벽에 가까운 방어 자세를 취할 수 있었다. 그래서 블라디미르는 안심했다. 그러나 성준은 모든 방어 자세를 무력화시키기에 충분한 일격 필살의 기술을 준비하고 있었다.

"환영검."

31개의 환영검이 블라디미르를 노렸다. 그가 실수한 게 있다면 방어 자세를 취한 것이었다. 바로 공격을 했어야 환영검을 막을 수 있었을 것이다.

하지만 블라디미르는 그렇게 하지 않았고 이제 31개의 환영검이 그의 전신을 토막 내고 있었다.

"커헉!"

피투성이가 되어 쓰러진 블라디미르의 모습은 처참했다. 팔과 다리가 조각나서 흙바닥 위에 나뒹굴고 있었다.

성준은 그를 힐끗 보더니 마력을 흡수했다.

-동조율 54%가 되었습니다.

리슈발트가 보고했다.

이윽고 성준은 신철과 장훈, 그리고 정철이 모여 있는 곳을 향해 왼손을 뻗으며 입을 열었다.

"힐링 스프레이."

왼손에서 뿜어진 빛무리는 세 사람이 입은 부상을 치유했다. 광역 힐링이라서 단일 힐에 비해 치유 속도가 더딘 편이긴 했지만, SS급 헌터의 '힐'이라서 그런지 상처는 금방 회복되었다.

"괜찮아?"

"예, 형님. 죽지는 않을 것 같네요."

성준의 물음에 장훈은 희미한 미소를 머금은 채 말했다. 이윽고 성준의 시선은 신철에게 향했다.

"아버지는 무사하시지?"

그의 목소리에서 불안감은 없었다. 본채의 방어선이 뚫리지 않은 것을 확인했기 때문에 안심할 수 있었다.

"경호 책임자인 한경민 무장경찰관이 보호 중입니다."

신철이 대답했다. 성준은 고개를 끄덕이며 입을 열었다.

"아버지의 안전부터 확인하고 올게. 그리고 조금만 있으면 무장경찰국 병력이 올 거야."

"알겠습니다. 부상도 회복되었으니 무장경찰국 병력이 오면 이쪽으로 인도하겠습니다."

"그래. 부탁한다."

성준은 본채로 향했다.

"강성준 씨입니다!"

본채 옥상에 거치된 기관총을 잡고 있던 경호원이 외쳤다. 그러자 본채 1층에서 정장을 입고 선글라스를 낀 짧은 머리의 경호원이 달려 나왔다. 그는 수혁의 경호 책임자인 무장경찰관 한경민이었다.

"아버지는요?"

"지하 방공호에 계십니다. 공격이 시작되고 발작하시는 바람에 진정제를 투여했습니다. 지금은 주무시고 계십니다."

경민의 말에 성준은 이를 악물었다.

얼마나 놀라셨으면 발작을 일으켰겠는가?

잘못하면 위험할 수도 있었다.

-주군의 아버님을 노린 게 분명합니다. 누군지 알아내서 보복해야 합니다.

리슈발트가 말했다. 성준도 동의했다.

아직 그는 누구의 소행인지 몰랐지만, 정철의 도움을 받아서 반드시 알아낼 생각이었다. 그리고 누가 되었든 밝혀지면 철저하게 응징할 생각이었다.

'이 죄는 피로 씻어야 할 거야…….'

성준의 눈동자에서 날카로운 살기가 빛났다.

성준의 저택이 러시아 정보국의 공격을 받고 하루가 지났다. 성준은 수혁의 안전을 담당하는 무장경찰국에 강력하게 항의하면서 청와대와 관리국에도 연락을 넣었다.

"이렇게 안전이 보장되지 않는다면 저는 미국으로 갈 수밖에 없습니다."

성준은 강력하게 항의했고 대한민국 정부에서는 근처의 공원 일부를 밀어버리고 육군 중대를 주둔시켰다.

"무장경찰국에서 경호원 25명을 추가로 파견해 주었습니다. 그리고 가까운 초소에서 순찰 경계를 강화해 준다는 약속도 받았습니다."

경민이 보고했다.

"바로 옆에 육군 중대도 주둔하기 시작했습니다. 이제 안심해도 괜찮지 않겠습니까?"

신철이 말했다.

무장경찰국의 적극적인 보호와 대한민국 육군의 지원도 있지만 그럼에도 성준은 안심할 수 없었다. 그는 늘 아버지인 수혁의 안전과 관련된 문제에서 예민했다. 그리고 예민해야 한다고 생각하고 있었다.

"여기를 공격한 놈들이 누군지도 모르는데 어떻게 안심을 하겠어? 마음 같아서는 다 쓸어버리고 싶어지네……."

성준은 짜증 섞인 말을 내뱉으며 소파에 몸을 기댔다. 손에 들고 있는 술잔은 어느새 바닥을 보이고 있었다. 음주를 즐기는 편은 아니었지만 이런 날에는 술이 자꾸만 들어갔다.

"저택을 습격한 자들에 대한 정보를 확보했습니다."

"누구입니까?"

정철의 말에 성준의 두 눈이 빛났다. 누군지 알게 되면 당장에라도 검을 들고 달려가서 문제를 일으킨 근원을 초토화시켜 버릴 기세였다.

"얼마 전에 정부 주도하에 비밀스럽게 무장 정보기관이 만들어졌다고 합니다. 이름은 '백호'라고 하는데…… 거기서 제공한 정보입니다."

놀랍게도 정보를 제공한 쪽은 백호였다. 성준이 공격당한 탓에 그에게 정보를 제공해야 한다는 준열의 의견에 힘이 실린 모양이었다.

"본론부터 말씀해 주시겠습니까?"

성준은 마음이 급했다. 정철은 고개를 끄덕이며 입을 열었다.

"백호에서 제공한 정보에 의하면 이번에 기습을 주도한 이들은 러시아 정보국 소속의 S급 헌터 블라디미르와 니콜라이라고 합니다."

"러시아 정보국에서 나를 왜……."

말을 듣다 보니 어이가 없어서 웃음이 나올 지경이었다. 성준은 허무한 표정으로 고개를 저었다. 아무리 생각해봐도 러시아에 원한을 살 만한 일을 한 게 없었다.

'설마 북한 때문인가……?'

문득 드는 생각이었다. 하지만 이내 고개를 저었다.

북한 문제는 해결이 잘 된 경우였다. 얼마 전에 모든 일이 잘 마무리되었다고 인민무력부 상좌 리정수로부터 연락까지 왔었다.

그렇다면 어디가 문제인가?

성준은 고민했지만, 근원을 찾을 수 없었다. 결국 정철을 향해 대답을 독촉하는 시선을 보낼 수밖에 없었다. 갑작스럽게 부담스러운 시선을 받은 정철은 마른침을 삼키며 입을 열었다.

"정확한 건 아무것도 없지만, 백호 측에서 추측하기로는 강성준 씨가 던전 공략을 위해 저택을 비운 사이 강수혁 씨를 확보해 인질로 삼을 생각이었던 것 같습니다."

수혁을 인질로 잡아서 성준을 조종한다. 이것이 러시아 정보국의 계획이었다.

그것을 알게 된 성준은 이를 악물었다.

-러시아라면 강대국이라고 들었습니다. 그래도 이럴 때는 강경한 반응을 보여야 한다고 생각합니다.

리슈발트가 조심스럽게 의견을 말했다. 그도 TV나 인터넷을 통해 세상을 배웠기 때문에 러시아가 강대국이라는 것 정도는 알고 있었다.

"신철아."

성준은 친근한 목소리로 신철을 불렀다. 살고 있는 건물은 달라도 자주 식사를 같이하다 보니 꽤 친해질 수 있었다.

"네. 말씀하세요. 팀장님."

"아버지를 부탁할게. 박정철 씨와 함께 다녀올 데가 있어."

"강성준 씨?"

이번에는 정철이 물었다. 성준은 소파에 걸쳐놓은 외투를 집어 들며 정철을 향해 시선을 옮겼다.

"청와대로 갑니다."

그는 청와대 행정관인 경철의 연락처를 알고 있었다. 정철이 운전석에 먼저 탑승하자 성준도 뒷좌석에 타며 경철에게 전화를 걸었다.

-안경철입니다. 찾으셨습니까?

"대통령님을 만나야겠습니다."

-지금 대통령님께서는 바쁜……

"알겠습니다. 그렇다면 제 문제는 미국 대통령님에게 상담해야겠네요."

성준은 경철의 말을 끊었다.

-죄, 죄송합니다. 당장 대통령님에게 강성준 씨의 뜻을 전하겠습니다. 10분 내로 다시 전화하겠습니다.

통화가 끝났다.

"어떻게 할까요?"

"청와대로 갑시다. 금방 연락이 올 거예요."

정철은 청와대를 향해 운전을 시작했다. 그리고 정확히 4분이 지난 순간 경철에게서 전화가 왔다.

"전화 잘하셨습니다. 지금 청와대로 가고 있습니다."

-지, 지금이요?

"네. 20분 안에 도착할 것 같네요."

-정문에 연락해 두겠습니다. 아니…… 제가 기다리고 있겠습니다!

이윽고 도착한 청와대 정문에서 경철의 모습을 볼 수 있었다. 그는 성준의 헌터 세단을 알아보고는 손을 흔들며 다가왔다.

경철을 조수석에 태운 차는 청와대 깊숙한 곳으로 들어갔다. 경철이 손을 써둔 것인지 간단한 검문검색도 없었다.

"대통령님께 안내해 드리겠습니다."

"저는 여기서 차를 지키고 있겠습니다."

정철은 자신이 끼어들 자리가 아니라는 것을 눈치채고는 남는 것을 자처했다. 성준은 경철을 안내를 받아 정원의 구석으로 이동했다. 그곳에 대통령이 앉아 있었다.

"저는 이만."

경철이 물러났다.

성준은 대통령의 앞에 앉아서 입을 열었다.

"러시아 정부에 사과를 요구하세요. 그리고 다시는 이런 일을 벌이지 않겠다는 약속도 받아내셔야 합니다."

성준의 요구에 대통령의 표정이 어두워졌다.

"우리에게는 그런 힘이 없습니다. 저희가 해드릴 수 있는 건 그저 경호를 강화하는 것뿐입니다. 국제 사회에서의 저희 입장도 생각해 주시지요."

"그런 말도 되지 않는 소리가 어디 있습니까? 러시아는 대한민국을 공격한 거나 다름없다는 말입니다!"

성준의 언성이 높아졌다.

대통령은 한숨을 내쉬었다. 그는 차분한 표정으로 성준을 보며,

"정부가 해줄 수 있는 건 이제 없습니다. 러시아에 사과를 요구하는 것도 힘듭니다."

"그럼 도대체 할 수 있는 건 뭡니까?"

"침묵할 수 있습니다."

성준은 곧 대통령의 말을 이해할 수 있었다.

"정말 침묵할 수 있습니까?"

성준은 대통령을 향해 의미심장한 질문을 던졌다. 대통령은 희미한 미소를 머금은 채 고개를 끄덕였다.

"아무리 상대가 러시아라고는 하지만 그 정도는 할 수 있습니다."

대통령은 자신 있게 대답했다.

"나준열 국장이 도와줄 겁니다."

"감사합니다. 대통령님."

"저한테 감사할 필요는 없습니다. 저는 이제 모르는 일이니

까요. 러시아에서 추궁해도 모른다고 대답할 겁니다."

"든든하네요."

성준은 미소를 지었다. 원했던 방향은 아니었지만, 문제에 대한 해결책이 보였다.

대통령과의 짧은 대화가 끝나고 성준은 정철과 함께 차를 타고 저택으로 향했다.

"어떤 방향으로 진행하실 겁니까?"

정철이 물었다. 그는 호기심이 많은 편은 아니었지만 성준을 전력으로 보조하기 위해서는 알아야 할 내용이었기 때문에 질문한 것이었다.

"대한민국 정부에서는 침묵하기로 했습니다."

성준은 대통령이 말한 내용 그대로를 정철에게 전달했다. 정철은 눈치가 빠른 편이었기 때문에 '침묵'의 의미를 금방 알 수 있었다.

"'침묵'이라…… 최악의 상황은 피했군요."

대한민국 정부가 러시아에 복수하려는 성준을 저지하는 경우도 생각해 볼 수 있었다. 물론 그렇게 된다면 성준은 망설임 없이 미국으로 갔을 것이다.

"그러면 러시아에 밀입국할 생각이십니까?"

'본진'을 공략할 생각이냐고 묻고 있는 것이었다. 하지만 성준은 고개를 저었다. 시작부터 러시아 전체를 공격하는 것은 위험 부담이 너무 컸다.

"우선은 '경고'를 보낼 생각입니다."

"경고라면……?"

"대한민국에 있는 러시아 거점을 모조리 박살 낼 겁니다."

성준의 대답에 정철은 고개를 끄덕이며 입을 열었다.

"대한민국은 전략적 요충지라서 러시아는 물론이고 중국의 정보 거점도 많다고 들었습니다. 충분한 경고가 될 것 같습니다."

어느새 저택에 도착했다. 정철은 차고에 주차를 끝낸 뒤, 성준과 함께 내렸다.

"그런데 거점의 위치는 알고 계십니까? 러시아 정보국은 은밀하게 움직이니까, 정보를 파악하는 게 쉽지는 않을 겁니다."

"백호와 국정원에서 도와주기로 했습니다."

대통령이 직접 말한 내용이었으니까 그들의 지원은 확실했다. 주로 직접적인 도움을 주기보다는 정보 원조에 가깝지만.

"백호는 몰라도 국정원이 그렇게 능력 있는 곳이었나요? 저는 처음 알았습니다."

던전 레이드 사태 이후에 재정비된 국정원은 무능하다는 평가를 자주 받아왔다. 그에 비해 러시아 정보국은 너무나 뛰어난 정보기관이었다.

"그래도 국가 정보기관인데 자국의 영토에 침투한 적들에 대해서 조금은 알고 있지 않겠습니까? 몇 곳만 알면 충분합니다. 나머지는 거점을 털면서 정보를 수집하도록 하죠. 점조직 형태면 조금 문제가 있겠지만요."

"러시아 정보국의 타국 거점은 서로 연결되어 있다고 들었습니다. 비효율적인 방법이지만 일하는 방식이 그렇다고 하네요."

정철도 사설 정보기관을 운영하면서 들은 게 있었다.

"연결되어 있다면…… 하나를 공격하면 다른 거점들도 대응할 준비를 하겠네요?"

성준이 물었다. 이제 그들은 계단을 통해 2층 테라스로 이동했다. 늦은 저녁의 차가운 바람을 맞으며 대화가 계속되었다.

"아마도 그렇겠죠? 물론 공격당한다는 사실을 알리고 나서 바로 다른 거점과 연결된 모든 자료를 처분할 겁니다. 자료를 확보하는 게 쉽지는 않을 거예요."

"그거라면 걱정하지 않아도 될 것 같습니다. 모든 것은 순식간에 끝날 테니까요."

성준의 입가에 싸늘한 미소가 번졌다.

"강성준 씨! 방문자가 있습니다. 나준열 씨라고 하던데요?"

관리인 한 명이 테라스로 올라와 말했다. 정보 지원을 약속했기 때문에 준열의 방문은 있을 것이라 생각했지만, 예상보다 빨랐다.

"빠르네요."

정철도 같은 생각이었다.

"저는 B동에 돌아가 있겠습니다."

정철은 자신이 낄 수 없는 자리를 구분할 줄 알았다. 그가 B동으로 떠나고 준열이 넓은 정원을 지나 본채의 테라스로 올라왔다.

"반갑습니다. 나준열 씨."

"예. 오랜만에 뵙습니다."

준열은 대답과 함께 테라스에 놓여 있는 의자에 앉았다. 그는 품속에서 서류 봉투를 하나 꺼내서 탁자 위에 올려놓았다.

"이겁니까?"

성준의 물음에 준열은 고개를 끄덕이며 입을 열었다.

"그렇습니다. 저희 측에서 파악한 러시아 정보국 거점의 위치입니다. 은폐 공작 때문에 위치 외에 다른 정보는 입수하지 못했습니다."

"위치만 알아도 충분합니다. S급 헌터가 있다고 해도 제가 죽여 버릴 수 있습니다."

성준은 자신감 넘치는 목소리로 대답했다. 그는 SS급 헌터였다.

그리고 S급 헌터가 기다리고 있는 걸 내심 바라기도 했다. 죽이고 마력을 흡수하면 동조율이 많이 오를 게 분명하기 때문이었다.

성준은 서류 봉투에서 지도를 꺼내 빠르게 훑었다. 국정원과 백호에서 파악한 러시아 정보국 거점의 수만 해도 꽤 많았다.

"이게 전부가 아니라는 말입니까?"

"그렇습니다."

준열이 대답했다.

대한민국 영토 안에 러시아 정보국의 거점이 이렇게나 많다니!

성준은 애국심이 투철한 청년은 아니었지만 어이가 없어서 고개를 저었다.

"거점을 공격해서 확보한 자료를 저희에게 넘겨주시면 해독 및 분석해서 다음 거점의 위치를 특정할 수 있습니다."

국정원이 무능하고 백호도 신설된 지 얼마 되지 않았다고는 하지만 엄연한 정보기관이었다. 이 정도도 하지 못한다면 존재 이유가 없었다.

"정보 감사합니다. 큰 도움이 되었습니다."

"언제부터 결행할 생각이십니까?"

"당장 내일부터 '사냥'을 시작할 겁니다."

대답과 함께 새어 나오는 겨울바람과도 같은 차가운 살기에 준열은 마른침을 삼켰다.

단순히 조금 새어 나온 것에 불과했지만 그것은 S급 헌터인 그를 긴장시키기에 충분했다.

'러시아는 맹수를 깨우고 말았군⋯⋯.'

준열의 생각이었다.

성준은 서울부터 공략하기로 마음먹었다. 그가 사냥을 결심한 지 3일 만에 수도권에 위치한 러시아 정보국의 중형 거점을 모조리 쓸어버렸다.

2명에서 4명 규모의 소형 거점은 시간 낭비라고 생각했기 때문에 아예 건드리지도 않았다. 철저하게 경고가 될 법하고 러시아 정보국에 피해를 입힐 만한 중형 거점들만 우선 공격해서 몰살시켰다.

중형 거점에는 최소 5명 이상에 많으면 10명 이상이 머무르거나 활동하고 있었지만, 그 누구도 성준의 칼날을 피하지 못했다.

"제가 확보한 정보들입니다."

성준은 준열에게 정보를 전달했다. 받아든 서류 봉투를 열고 내용물을 살핀 준열은 놀란 표정으로 입을 열었다.

"생각보다 정보가 많군요."

성준이 건네준 자료는 매우 많았다. 거점의 위치를 구체적으로 언급한 내용은 없었다.

하지만 자료들을 대조하여 다른 거점의 위치를 특정할 수는 있었다. 성준이 건네준 자료들은 그렇게 위치를 특정하기에 충분한 양이었다.

"보통 공격당하면 자료를 소각할 텐데…… 어떻게 확보한 겁니까?"

"자료를 소각하기 전에 모두 죽였습니다."

준열의 물음에 성준이 답했다. 간단명료한 대답이었다.

"그렇군요."

"분석은 언제 끝납니까?"

성준은 그답지 않게 준열을 재촉했다. 정철로부터 러시아 정보국이 거점에 대한 공격을 인지하고 대비하는 움직임을 보이고 있다는 정보를 입수했기 때문이었다.

"오늘 안에 끝납니다."

준열의 말이 끝나기 무섭게 성준의 스마트폰에서 벨 소리가 울렸다. 은주였다.

얼마 전 저택이 공격당했다는 소식을 듣고 걱정이 되어서 연락을 해온 듯하지만, 준열과 중요한 이야기를 하고 있었기 때문에 받지 않았다. 그는 스마트폰을 다시 집어넣었다.

"받지 않아도 됩니까?"

"급한 건 아닙니다. 그것보다 러시아에서는 별말 없었습니까?"

"애초에 러시아 정보국 거점은 합법적인 절차를 밟은 게 아니었습니다. 항의한다는 것은 존재를 인정한다는 것인데……
그러면 러시아도 곤란해집니다."

준열이 대답했다.

러시아에서는 공식적인 항의를 할 수 없는 상황이었다.

"이미 비공식적으로는 항의가 들어왔습니다만…… 대통령님께서는 강성준 씨와의 약속대로 '침묵'을 지키고 있습니다."

"대통령님께서 약속을 지켜주고 계시니 저도 안심하고 러시아인들 사냥을 계속할 수 있겠네요."

"이제 대형 거점을 공격할 생각이십니까?"

성준은 고개를 끄덕이며 입을 열었다.

"위치를 알아내고 전달해 주시면 바로 공격할 겁니다."

"한 명 정도는 생포해서 저희 측에 넘겨주실 수 있겠습니까?"

준열이 부탁했다.

국정원과 백호는 러시아 정보국에 대한 정보가 많이 없었다. 이번에 성준이 거점을 공격하면서 확보한 대량의 자료를 건네주면서 예전보다는 많이 알게 되었지만, 여전히 부족했다. 그래서 생포한 러시아 요원을 고문해서 정보를 더 얻어낼 생각이었다.

"어렵지는 않습니다."

"오늘 안에, 늦어도 내일 아침까지는 정보를 전달하겠습니다."

"알겠습니다."

대화가 끝나고 준열이 저택을 떠났다. 그리고 그날 밤 11시에 준열이 다시 찾아와 서류 봉투 하나를 건네주었다.

"대형 거점 한 곳의 위치를 파악했습니다. 확실한 정보니까

믿으셔도 좋습니다."

준열은 그 말을 끝으로 다시 저택을 떠났다. 성준은 저택에 마련된 밀실로 들어가 서류 봉투를 열었다. 이유는 모르겠지만 지도는 여러 조각으로 나누어져 있었고 동봉된 작은 종이 봉투 안에는 지도를 맞추는 방법이 적혀 있었다.

성준이 지도를 맞추자 러시아 정보국 대형 거점의 위치가 드러났다.

-생각보다 가까운 곳에 있었군요.

리슈발트의 말대로 대형 거점은 성준의 저택에서 멀지 않은 곳에 위치해 있었다. 성준은 몰랐지만, 블라디미르와 니콜라이가 저택을 공격할 때 후방에서 정보 및 통신 교란 공작을 펼친 거점이었다.

"지금 당장 공격해도 되겠어."

-제가 정찰을 다녀오겠습니다.

"부탁한다."

리슈발트가 정찰을 다녀오는 동안 성준은 신철과 장훈, 그리고 정철에게 본채의 방어를 튼튼히 하라는 지시를 내린 뒤, 저택을 나섰다. 이윽고 리슈발트가 합류했다.

-정찰을 끝냈습니다. 불법 도박장으로 위장하고 있으며 요원으로 보이는 인원은 40명 정도입니다. 대부분의 시설이 지하에 있습니다. 마지막으로…… S급 헌터가 한 명 있습니다.

리슈발트는 그나마 가장 위협이 되는 S급 헌터의 존재를 보고했지만, 성준의 표정에는 변화가 없었다.

"그냥 가서 다 죽일 거야. 예외는 없어."

동조율 54%가 된 그는 S급 헌터조차 압도할 수 있는 무력을 가지고 있었다.

그는 차분하게 심호흡을 한 뒤, 마력을 끌어 올리며 입을 열었다.

"은신."

아이템의 효과가 발현되면서 어둠 속에 그의 모습이 녹아들었다. 로우켈 특유의 기술로 기척조차 지웠더니 그의 존재를 찾을 수 없었다.

이제 맹수의 사냥이 시작되려 하고 있었다.

성준은 은신을 유지한 상태에서 불법 도박장으로 위장한 러시아 정보국 거점으로 조용히 발걸음을 옮겼다.

-주요 시설은 지하에 있지만, 지상의 위장용 불법 도박장에도 일부 시설이 있습니다. 저는 지하의 공략을 우선하는 게 좋다고 생각합니다.

리슈발트가 자신의 의견을 말했다. 은신 상태라서 입을 열지는 못했지만 성준도 같은 생각이었다.

그는 불법 도박장과의 거리를 더욱 좁혔다.

불법 도박장 입구를 지키고 있는 경비가 둘 있었는데 그들은 서로 대화를 나누느라 주변을 신경 쓰지도 않았다.

-둘 다 헌터입니다. E급이지만 근육을 보니 살상 기술을 익힌 것 같습니다. 헌터라고는 해도 일반적인 훈련으로는 근육이 저런 모습이 되지 않습니다.

성준은 경비를 자세히 살폈다. 리슈발트가 다시 입을 열었다.

-러시아 정보국의 요원이 분명합니다.

헌터로서의 가치는 떨어지지만 F급이나 E급의 헌터들은 기본적으로 일반인보다 월등히 뛰어난 신체 능력을 가지고 있다.

그래서 특수 훈련을 받으면 훌륭한 살인 병기가 될 수 있다. 일반인을 훈련시키는 것보단 낫기 때문에 던전 레이드에서 쓸모 별로 없는 F급이나 E급의 헌터들을 정보 및 치안 기관에서 스카웃하는 경우가 많았다.

'러시아 정보국 놈이 맞는 것 같은데……?'

E급 헌터 둘이 기척을 읽을 수 있을 리가 없기 때문에 가까이 다가가서 대화를 엿들었다.

한국어는 당연히 아니었고 영어도 아니었다. 불어와 독일어와도 다른 느낌이었다. 성준은 러시아어라고 확신할 수 있었다.

'증원을 불러올 수도 있으니까 바로 처리해야겠어.'

성준은 은신이 풀리지 않도록 조심스럽게 검을 뽑아 들었다. 가까운 경비의 목을 노리고 재빠르게 내찔렀다. 은신이 풀렸지만, 경비는 성준의 검에 목이 꿰뚫릴 때까지 그의 존재를 눈치채지 못했다.

"커헉!"

뒤늦게 고통이 찾아오자 그는 피를 토해내며 힘없이 쓰러졌다.

"무, 무…… 컥!"

다른 경비가 대응하려고 했지만 그의 움직임은 성준과 비교했을 때 멈춰 있는 것 같았다. 던져진 단검이 흉부 깊숙이 파고들었다.

그와 동시에 성준은 불법 도박장 안으로 몸을 던졌다. 시체를 치우는 데 불필요한 시간을 소모하지 않았다.

불법 도박장 안에는 이상할 정도로 손님들이 없었다.

'오히려 잘 됐어.'

적과 일반인을 구분할 필요가 없어졌으니 잘 된 것이다. 성준은 그렇게 생각했다. 그는 빠르게 보법을 밟았다. 가까운 곳에 B급 헌터가 2명 있었다. 그들과의 거리를 좁히며 검을 휘둘렀다.

"크악!"

"크윽!"

성준의 공격을 막아내지 못하고 붉은 피를 흩뿌리며 쓰러졌다.

"침입이다!"

누군가 러시아어로 외쳤다.

성준은 알아듣지 못했지만 발각되었음을 깨달았다. 은신은 입구에서 경비들을 처리할 때 해제되었고 이제는 신속하게 적들의 수를 줄일 일만 남았다.

침입을 알리는 목소리가 울리기 무섭게 움직이는 기척이 사납다. 수가 많은 듯했지만, 이런 경우 사용할 만한 아이템이 있었다. 성준은 입꼬리를 끌어 올리며 왼손을 들어 올렸다.

왼손에 낀 반지의 녹색 보석이 반짝였다.

"이것은 죽음을 부르는 향연이다."

성준이 시동어를 읊으며 마력을 주입하자 독무가 빠른 속도로 퍼졌다. 순식간에 불법 도박장이 독 연기로 가득 찼다.

몇 없는 손님들은 이미 대피한 뒤였기 때문에 망설임 없이 '독의 향연'을 사용할 수 있었다.

독이 퍼지자 불법 도박장 안에 있던 요원들이 얼마 버티지 못하고 쓰러졌다. S급 이상의 헌터들에게는 통하지 않는 성질의 마력독이었지만 그 밑의 마력을 보유하고 있는 이들에게는 치명적이었다.

-지상은 전멸입니다.

리슈발트가 3분 만에 정찰을 끝낸 뒤, 보고했다. 성준은 고개를 끄덕이며 입을 열었다.

"지하로 가는 길은?"

-안내하겠습니다.

리슈발트는 지하로 이어진 계단으로 성준을 안내했다.

-다수의 인원이 방어선을 구축한 상태입니다. 주의하시는

게 좋을 것 같습니다.

"알겠어."

성준은 무심하게 대답하며 계단 아래로 몸을 던졌다. 너무나 빠른 움직임이라서 그의 발이 바닥에 닿은 뒤에야 방어선을 구축하고 있던 요원들이 반응했다.

"쏴, 쏴버려!"

요원들이 방아쇠를 당겼을 때 성준은 이미 그곳에 없었다. '용의 가호'의 옵션 스킬인 실드를 사용할 필요도 없었다.

성준이 검을 휘두르자 모두 피를 쏟으며 쓰러졌다.

"제, 제기랄!"

A급 헌터가 1명 있었다. 그는 유일하게 성준의 공격을 피했다. 하지만 단지 그뿐이었다. 성준이 다시 한번 내찌른 검을 그는 피하지 못했다.

"커헉!"

A급 헌터는 고통스러운 표정으로 피를 토하며 쓰러졌다. 성준의 시선이 굳게 닫힌 철문으로 향했다.

그는 입꼬리를 끌어 올렸다. 진정한 사냥이 시작되려 하고 있었다.

한 편 내부에서는 S급 헌터 얀센의 주도하에 중요한 자료들을 소각할 준비를 서두르고 있었다.

"빨리 소각해!"

"철문이 뚫렸다는 보고입니다!"

"벌써?"

자료의 소각을 지휘하고 있던 얀센은 지하의 철문이 뚫렸다는 부하의 보고에 경악했다.

"이제 어떻게 합니까?"

"결사항전뿐이다."

부하 요원의 질문에 얀센이 대답했다. 지상과 통하는 유일한 출입구가 장악당했으니 죽기를 각오하고 싸우는 수밖에 없었다.

"커헉!"

어디선가 날아온 단검이 문 쪽을 향해 기관단총을 겨누고 있던 요원의 목에 꽂혔다. 붉은 피가 솟구쳤다.

"어, 어디지?"

"바보야! 저기다!"

얀센이 손으로 가리킨 곳의 벽이 뚫려 있었다. 무려 벽 너머에서 기척을 읽고 오러가 깃든 단검을 투척해 목을 명중시킨 것이었다.

신묘한 단검 투척술에 얀센은 경악했다. 그도 단검이 날아오는 순간에 겨우 기척을 감지했을 정도였다.

'최소 S급 최상위다…… 어쩌면 그 이상일 수도 있어……!'

그는 이를 악물고 단검 2자루를 뽑아 들었다. 공격을 인지
하기 무섭게 지상과의 연락이 두절 된 시점에서 어느 정도 예
상했었지만, 적의 수준이 너무 높았다. 가까운 곳에서 죽음이
손짓하는 게 느껴졌다.

쾅!

"크아아악!"

굉음과 함께 벽이 무너졌다. 그리고 뭔가가 뛰어들어와 가
장 가까운 곳에 있던 요원의 복부를 깊이 베었다.

요원이 쓰러진 뒤에서야 얀센은 성준이 침입했다는 사실을
깨달았다. 그는 단검 하나를 던졌다. 움직임을 파악하지는 못
했지만, 기척이 느껴지는 곳으로 일단 던진 것이었다.

'맞았나?'

둔탁한 소리를 들은 것 같았다. 그것은 착각이 아니었다. 얀
센은 강한 적에게 부상을 입혔다고 생각하고 좋아했다. 하지만.

"힐."

성준은 순식간에 상처를 치유하고 얀센을 노렸다. 이미 그
를 제외한 다른 요원들은 모두 목숨을 잃은 뒤였다.

자료를 소각하던 요원 역시 책상 위에 쓰러져 피를 흘리고
있었다.

"이, 이런!"

홀로 남은 것을 깨달은 얀센은 피가 새어 나올 정도로 입술을 깨물었다. 강한 적과 대적하는 것은 익숙한 일이 아니었다.

강도 높은 훈련을 받았다고는 하지만 이런 상황에서 두려움을 지우는 것은 쉽지 않았다.

-지하의 적은 모두 소탕했습니다. 증원도 없을 것 같으니…… 환영검으로 빠르게 처리하는 것도 좋을 것 같습니다.

리슈발트가 말했다. 성준은 고개를 끄덕이며 고속 이동술을 펼쳤다. 얀센과의 거리가 순식간에 좁혀졌다.

"환영검."

그는 침착하게 마력을 끌어 올리며 환영검을 펼쳤다. 얀센은 제대로 된 방어조차 하지 못하고 31개의 환영검에 당해 전신에서 피를 흩뿌리며 쓰러졌다.

"이, 이 내가 저항도……."

쓰러진 얀센이 숨이 끊어지기 전에 마지막으로 남긴 말이었다. 그도 S급 헌터였기 때문에 자존심이 굉장히 강한 편이었다. 여태껏 패배를 모르고 살아온 그에게 찾아온 첫 패배는 죽음이 동반되었다.

"흡수."

성준은 얀센과 요원들의 시체에 흡수를 사용했다. 소모된 체력과 마력이 회복되면서 충족감이 들었다.

-축하드립니다. 동조율 55%가 되었습니다.

리슈발트가 동조율 상승을 보고했다. 성준은 미소를 머금은 채 소각 직전의 자료들을 챙겼다. 그리고 유유히 거점을 떠났다.

✦

성준은 일주일 만에 서울은 물론이고 대한민국 전역에 분포되어 있는 러시아 정보국의 중형 이상 규모 거점을 모두 파괴하고 요원들을 죽였다.

러시아 정보국에서는 난리가 났다. 피해는 상상을 초월했다. 대형 거점 3곳과 중형 거점 21곳이 파괴되었고 S급 헌터 얀센을 포함해 250여 명의 요원이 목숨을 잃었다.

"외무성은 무얼 하고 있습니까?"

정보국에서는 외무성에서 대한민국에 조치해 달라고 요청했으나.

"저희도 방법이 없습니다."

대한민국 정부에 공식적인 항의를 하면 타국의 영토에 정보국 거점을 불법으로 구축한 것을 인정하는 게 되기 때문에 외무성에서도 고개를 저을 수밖에 없었다. 방법이 없었다.

"소형 규모 거점만 남았습니다. 이렇게 되면 미국의 주요 동맹

중 하나인 대한민국에 대한 첩보 및 공작을 할 수 없어집니다."

정보국에서도 자신들의 입장을 밝혔다. 헌터들이 주축이 된 정보전이 심화 된 던전 레이드 사회에서 타국에 대한 첩보가 불가능해졌다는 것은 큰 문제였다.

러시아 정부에서도 이것을 크게 다룰 수밖에 없었다. 비공식적으로 협상을 시도했지만, 대한민국 정부와 대통령은 침묵할 뿐, 그 어떤 입장 표명도 하지 않았다. 그래서 러시아 정부는 더 답답했다.

"대한민국 정부로부터 비공식적인 사절이 도착했습니다."

중형 규모 이상의 거점이 무력화되었다는 사실이 전달된 다음 날 주 러시아 대한민국 대사관에서 외교관이 크렘린 궁전을 찾아왔다.

러시아 외무성에서는 고위 외교관을 보내 대한민국의 외교관을 응대하게 했다. 두 외교관은 수행원들 없이 응접실에 모여 마주 보고 앉았다.

"반갑습니다."

"오랜만입니다."

두 외교관은 서로 인사를 나누었다. 대한민국의 외교관이 먼저 본론을 꺼내기 위해 입을 열었다.

"오늘은 비공식적인 일로 찾아왔습니다."

"말씀하시지요."

"그동안 대한민국에 정보국 거점을 많이도 만들어두셨더군요."

"무슨 말씀을 하시는지 잘 모르겠습니다."

러시아 외교관은 얄밉게도 시치미를 뗐다. 대한민국 외교관은 미소를 지었다. 예상한 반응이었다. 그는 차분한 표정으로 입을 열었다.

"러시아가 이 문제와 관련이 없다면 제가 가져온 메시지도 필요 없겠군요."

대한민국 외교관의 말에 러시아 외교관의 두 눈이 반짝였다.

"그게 무엇입니까?"

"얼마 전에 청와대로 택배가 도착했습니다. 폭발물이라고 생각했지만, 음성 메시지였죠. 그리고 그것은 경고였습니다."

"경고요?"

"네. 러시아에 대한 경고 말입니다."

대한민국 외교관은 차분한 목소리로 분명하게 전달했다. 러시아 외교관은 마른침을 삼키며 경청했다.

"계속해 보시지요."

"강성준 씨의 경고였습니다. 일주일 안에 러시아 정보국장의 사과문이 도착하지 않으면 러시아 본토에 대한 공격을 시작하겠다는 경고 말입니다."

"이보세요!"

러시아 외교관의 언성이 높아졌다. 그는 흥분해서 의자에서 일어났다.

"지금 우리 러시아를 향해 선전포고하는 겁니까?"

"그건 아닙니다. 이건 강성준 씨의 뜻이고 저희는 그를 통제할 수 없습니다."

대한민국 외교관은 자신들은 성준을 통제할 수 없으며, 대한민국은 그와는 다른 생각을 하고 있다는 점을 강하게 어필했다.

대한민국 외교관이 이렇게 나오니 러시아 외교관도 뭐라 할 말이 없었다.

"저희는 어떠한 개입도 할 수 없고 오직 강성준 씨의 메시지를 전할 뿐입니다. 선택은 귀국의 몫입니다."

대한민국 외교관은 말을 마친 뒤, 옷을 정돈하며 의자에서 일어났다. 그는 응접실을 나서기 위해 문고리를 잡은 순간 마지막으로 뒤돌아보며 입을 열었다.

"기억하십시오. 일주일입니다. 그리고 공격이 시작될 겁니다. 대한민국 정부는 그를 막을 수 없습니다."

그는 응접실을 떠났고 크렘린 궁전에서는 긴급회의가 소집되었다. 러시아 정부의 주요 인사들은 성준의 위협을 두고 저울질한 끝에 사과할 수 없다는 결론을 내렸다.

그리고 그 사실은 정철을 통해 성준에게 전달되었다.

"그러니까 러시아 정부는 비공식적인 사과도 거부했다는 거죠?"

"그렇습니다."

성준의 물음에 정철이 고개를 끄덕였다. 청와대로부터 받은 정보이니 확실했다.

"어이가 없네."

성준은 고개를 저었다. 러시아의 체면을 생각해서 비공식적으로 사과를 요구했지만 그것마저 거절하는 모습을 보이니 할 말을 잃을 수밖에 없었다.

"어떻게 할 생각이십니까?"

정철은 물었다.

"러시아로 가려고 합니다."

성준은 조금의 망설임도 없이 대답했다. 러시아에서 스스로 피로서 죄를 씻기를 원하는 것 같으니 그렇게 해줄 생각이었다.

"군이나 민간 시설을 공격하면 오히려 일반인들의 반감을 살 수 있습니다."

정철이 조심스럽게 우려를 표했다. 성준은 미소를 지으며 고개를 저었다.

"저는 러시아 본토의 정보국 거점을 노릴 생각입니다."

"하지만 국정원이나 백호도 러시아 본토의 거점에 대한 정보는 없을 텐데요?"

정철의 말대로 아직 국정원이나 백호는 러시아에 대한 대대적인 정보 공작을 펼칠 정도의 힘이 없었다. 하지만 성준의 입가에서 미소는 사라지지 않았다.

"방법은 있습니다."

그는 스마트폰을 들어 올렸다. 중앙 헌터국 델타 본부 소속 제니퍼 요원의 전화번호가 등록되어 있었다.

원래는 작전을 위해 임시로 개설한 전화번호였지만 성준과의 유대를 끊지 않기 위해 계속 유지 중이었다. 성준도 이 사실을 얼마 전에 확인했다.

그는 즉시 제니퍼에게 국제 전화를 걸었다.

-강성준 씨. 전화 기다리고 있었어요.

지금은 오후 5시로 미국은 새벽 시간이었지만 제니퍼는 전화를 받고 유창한 한국어로 말했다. 미국 중앙헌터국의 특수 요원답게 그녀는 성준이 처한 상황을 알고 있는 듯했다.

"중앙헌터국에서는 제가 처한 상황을 인지하고 있는 거 같은데…… 맞습니까?"

-강성준 씨 생각대로입니다.

제니퍼의 대답에 성준은 입 꼬리를 끌어 올렸다. 설명할 시간을 아꼈으니 오히려 잘 되었다.

"제가 원하는 것도 알고 계시겠네요?"

-저희 측 예상이 틀리지 않는다면 러시아 국내의 정보국 거점의 위치를 알고 싶은 거겠죠?

"정확합니다."

-몇 군데 정도라면 정보를 드릴 수 있어요.

미국과 중앙헌터국은 성준과 긴밀한 유대를 유지하는 것을 원하고 있었다. 그래서 조금이지만 성준과 연결 고리가 있는 제니퍼에게 정보를 일부 전달할 수 있는 권한을 허가해둔 상황이었다.

"몇 군데 정도면 충분합니다."

성준이 대답했다. 그는 러시아와 전면전을 벌일 생각은 없었다. 러시아도 해외가 아닌 국내의 거점이 공격받으면 생각이 바뀔 것이라고 성준은 생각했다.

-현지에 있는 저희 요원을 통해 전달할게요. 한국 시간으로 내일 오전 중에 정보를 받을 수 있을 거예요.

전화 통화가 끝이 났다. 그녀의 말대로 다음날 오전에 한국어를 구사할 수 있는 미국인 요원이 성준의 저택을 은밀히 방문하여 러시아 본토의 정보국 거점에 대한 자료를 넘겨주고 떠났다.

성준은 신철과 장훈, 그리고 정철에게 저택의 관리와 수혁의 안전을 맡겼다.

그리고 러시아로 밀입국했다. 밀입국을 위한 선박은 미국 중앙헌터국에서 제공해 주었다. 덕분에 러시아까지 가는 길은 편안했다.

"도착했습니다."

선원으로 위장한 요원이 한국어로 러시아 도착을 알렸다.

선실에서 간단하게 식사를 하고 있던 성준은 두 눈을 빛내며 몸을 일으켰다.

-드디어 복수의 시간이 도래했군요.

복수할 생각에 리슈발트도 들뜬 모양이었다. 성준은 중앙 헌터국 요원의 도움으로 입국에 필요한 모든 절차에서 해방되어 항구를 벗어났다.

"행운을 빌겠습니다."

"고마웠습니다."

성준은 요원과 작별을 고한 뒤, 지도를 꺼내 펼쳤다. 항구에서 멀지 않은 곳에 대형 거점이 하나 있었다.

성준은 그곳을 공격해서 시설을 초토화시켰다. 요원으로 보이는 이들은 모두 죽었다. 단 한 명도 살려두지 않았다. 그리고 러시아 국내의 미국 중앙헌터국 요원들의 도움을 받아 이동하면서 러시아 정보국의 거점들을 공격했다.

"국내의 정보국 거점들이 공격받고 있습니다."

정보국장에게 바로 보고가 들어갔다.

"어떻게 하시겠습니까? 상황이 생각보다 심각합니다."

국장을 보며 간부가 물었다. 매일 거점이 파괴되고 요원들이 목숨을 잃었다는 보고가 새로 들어오고 있었다.

대형 거점 1곳과 중형 거점 5곳이 초토화되었고 목숨을 잃은 요원들만 해도 70명이 넘었다.

"비공식적이라고는 하지만 대통령님께서 사과하는 일이 벌어져서는 안 된다."

"그렇다면…… 군부대를 움직일 생각이십니까?"

간부의 물음에 국장은 고개를 저으며 입을 열었다.

"군부대는 그렇게 쉽게 움직일 수 있는 게 아니라는 것을 잘 알고 있지 않은가?"

"그렇다면……?"

"정보국의 SS급 헌터 미하일을 보낸다. 강성준이 SS급 헌터라고는 하지만 특수 훈련을 받은 미하일을 이기지는 못하겠지."

국장은 입꼬리를 끌어 올렸다. 하지만 그는 성준이 살인 기계나 마찬가지였던 전생을 기억하고 있다는 사실을 모르고 있었다.

❧

성준은 중형 거점 하나를 더 무력화한 뒤, 다음 거점으로 이동하면서 동조율 55%가 되면서 떠올린 기술에 대해 리슈발트와 이야기를 나누고 있었다.

"이름이 참검이었지? 기억이 잘 안 나네."

동조율 55%가 되면서 이번에도 마찬가지로 대량의 기억이 한꺼번에 몰려들어 왔다. 그래서 시간이 조금 지난 지금도 기억을 분류하는 게 쉽지 않았다. 그에 비해 리슈발트는 되찾은 기억의 일부를 벌써 소화한 것으로 보였다.

-참검이 맞습니다.

"기억이 지금 혼란스러워서 묻는 건데 '참검'이 오러를 베는 검이 맞지?"

성준은 동조율 55%가 되면서 얻었던 기억 일부를 떠올렸다. 넓은 평원, 그곳에는 참검을 쓰는 로우켈이 있었다. 화려한 기술은 아니었지만, 차원마저 벨 정도로 위력적이었다.

-그렇습니다. 하지만 강력한 만큼 마력 소모가 큰 기술입니다. 사용에 주의가 필요합니다.

"알겠어."

성준은 고개를 끄덕였다.

전생, 로우켈도 많은 마력을 가지고 있었음에도 불구하고 '참검'은 자주 사용하지 않았다. 환영검이 일격 필살 기술이라면 참검은 최종 병기였다.

-그리고 질풍검의 제한도 완전히 해제되었습니다. 이제 기술을 사용할 때 동반하는 검풍의 수가 70여 개가 되었습니다.

리슈발트가 보고를 이었다.

성준은 만족스러운 표정으로 입을 열었다.

"좋아, 그건 그렇고 슬슬 도착한 것 같네."

밝을 때 출발했지만 하늘이 어둠에 물든 뒤에 도착할 수 있었다. 공장으로 위장하고 있었지만 순찰하듯 배회하는 헌터들의 수가 많아서 러시아 정보국 거점이라는 것을 확신할 수 있었다.

-민간인은 한 명도 없습니다. 모두 살상 훈련을 받은 자들입니다.

"헌터가 6명에 무장 요원이 31명…… 나쁘지 않네."

리슈발트의 보고에 성준은 눈동자를 빠르게 움직여 공장에서 느껴지는 마력 반응들을 확인했다. 수는 생각보다 많지 않았다. 그는 은신을 사용하여 거점을 공격하기 시작했다.

전투는 싱겁게 끝났다. 헌터가 6명 있었지만, B급 헌터 2명이 최대 전력이었고 훈련받은 요원들도 성준의 상대가 되기에는 부족했다.

공장으로 위장한 거점의 모든 요원이 죽었고 성준은 소각되지 않은 자료들을 챙겼다. 미국에서 습득한 자료를 비싼 값에 사겠다는 말을 했었기 때문이었다.

"마력 반응?"

신속하게 거점을 벗어나려던 성준은 하늘에서 이곳을 향해 빠른 속도로 날아오는 거대한 마력 반응에 마른침을 삼켰다.

-12시 방향입니다.

곧 리슈발트도 마력 반응을 감지하고는 정확한 접근 경로를 보고했다. 성준은 머금고 있던 미소를 거두며 다시 검을 뽑았다.

"방해꾼은 SS급 헌터인 것 같은데……?"

-저도 그렇게 생각합니다.

가까워지고 있는 마력의 크기가 심상치 않았다. 성준은 S급 최상위 티어이거나 SS급 헌터라고 예상했고 리슈발트도 고개를 끄덕이며 동조했다.

이윽고 하늘에서 뭔가 반짝이더니 수십 개의 아이스 스피어가 쏟아졌다.

'치명상을 입히려는 의도가 아니다!'

견제와 동시에 시야를 가리려는 의도였다.

진짜 공격은 연격으로 이어지는 2번째가 분명하다!

성준은 적의 속셈에 넘어가지 않기 위해 환영검으로 아이스 스피어를 모두 막아냈다. 어느새 그의 뒤에서 기척이 느껴졌다.

"하앗!"

성준은 기합과 함께 몸을 돌리며 검을 휘둘렀다. 허공을 가르던 검이 찬란하게 빛나는 방어 마법에 가로막혔다.

"내 기술을 막다니 제법이군."

스태프를 든 러시아인 남자가 서 있었다. 콧수염을 기르고 로브를 입은 그 모습은 마법계 헌터라는 사실을 어렵지 않게 추측할 수 있었다. 그는 러시아 정보국에서 보낸 SS급 헌터 미하일이었다.

다만, 놀라운 점이 있다면 한국어를 말하고 있다는 것이었다. 성준의 표정을 읽은 것인지 미하일은 미소를 지으며 입을 열었다.

"놀랐나? 이것도 마법이라네."

통역 마법인 것 같았다. 마법은 여러 종류가 있기 때문에 그다지 놀라운 일도 아니었다.

'마법계 헌터가 분명해. 근접전으로 간다.'

성준은 미하일이 대화를 시도하는 동안 대답 대신 고속 이동술을 펼쳤다. 순식간에 거리가 좁혀졌지만, 미하일은 거리를 벌리거나 견제 마법을 사용하는 대신 허리에 찬 소검을 뽑았다.

곧 그가 뽑아 든 소검에 오러가 깃들었다.

"마법계라고 해서 근접전에 약하다는 생각은 버리게나."

미하일이 검을 휘둘렀다. 그의 검술 실력은 뛰어났다. 쉽게 결판이 나지 않았고 환영검을 사용한 틈도 없었다.

-환영검보다 동작이 작은 참검을 사용하시는 게 좋을 것 같습니다!

리슈발트가 진언했다. 성준도 같은 생각이었다. 그는 반걸음 뒤로 물러나며 마력을 끌어모았다. 미하일은 공격을 예상하고 방어 마법을 펼치는 것과 동시에 방어 자세를 갖췄다.

"참검!"

마력을 담은 베기. 그것은 방어 마법을 종이처럼 찢고 미하일의 목을 노렸다.

그는 검을 들어 방어를 시도했지만 오러가 깃든 검조차 참검의 베기를 막지 못했다. 차원마저 찢어버리는 압도적인 '참' 앞에서 모든 게 잘려 나갔다.

"컥?"

외마디 비명과 함께 미하일의 머리가 차가운 바닥에 떨어져 나뒹굴었다.

성준이 신호탄을 쏘자 근처에서 대기하고 있던 안내역의 미국인 요원이 다가왔다.

"세상에…… SS급 헌터를 이렇게 쉽게 죽일 줄이야…… 보이지도 않았습니다."

미국인 헌터가 말했다. 그를 보며 성준은 입을 열었다.

"잘린 머리를 크렘린 궁전에 보내주세요. 충분한 경고가 될겁니다."

러시아에도 3명밖에 없는 SS급 헌터 중 한 명이 성준에게 목숨을 잃은 날이었다.

4장
도망친 마도학자

미하일을 사냥하고 마력을 흡수하자 동조율은 56%가 되었다. SS급 헌터라서 그런지 마력이 많이 상승한 게 느껴졌다.

중앙헌터국 소속의 요원들은 성준의 요청대로 크렘린 궁전에 미하일의 머리를 보냈다.

마침 미하일과 연락이 두절 되어서 불안해하고 있던 고위층은 러시아 정보국에서 사용되는 암호가 적힌 상자가 도착했다는 소식을 듣고 안도했다.

"미하일이 보낸 모양입니다."

"소포는 지금 어디에 있습니까?"

"내용물을 확인하고 있습니다. 정보국 고유 암호는 미국 중앙헌터국에서도 알고 있으니까 주의하는 게 좋을 것 같아서요."

간부의 물음에 정보국 요원이 대답했다. 얼마 지나지 않아서 내용물 확인을 맡았던 요원이 황급히 문을 열고 들어왔다.

"내용물을 확인했습니다."

"그래, 강성준의 머리라도 들어 있었나?"

"하하하!"

간부의 말에 옆에 그의 옆에 있던 동료가 큰 소리로 웃었다. 하지만 요원의 표정은 편치 않아 보였다.

"비슷하지만 조금 다릅니다."

"빨리 말해보게."

심상치 않은 태도에 그제야 분위기가 심각해졌다. 간부는 요원에게 서둘러 대답할 것을 재촉했다.

요원은 흐르는 땀을 닦아내며 입을 열었다.

"미하일 씨의 머리가 들어 있었습니다."

모여 있던 간부들은 충격에 빠졌다.

"이, 이 사실을 어서 대통령님께!"

미하일의 죽음은 곧장 러시아 대통령에게 전달되었다. 그의 죽음이 가져온 파장은 엄청났다.

러시아에 3명밖에 없는 SS급 헌터가 2명으로 줄어든 것이니 크렘린 궁전 회의실에서도 이 문제를 심각하게 다뤘다.

"대통령님. 즉시 군을 움직여야 합니다. SS급 헌터라고 해도 미사일과 폭격을 견디지는 못할 겁니다."

누군가 제안했다. 그는 군부의 고위 장성이었다. 헌터에 대해서 잘 모르는 사람들이 듣기에는 그럴듯한 계획이었지만…….

"안 됩니다. S급 이상의 헌터들에게 현대 병기는 통하지 않습니다. 수만 명이 죽을 겁니다. 그리고 강성준을 자극하게 될 겁니다."

"그러면 어떻게 하자는 말입니까?"

헌터에 대해서 잘 알고 있는 러시아 정보국의 고위 간부가 안경을 고쳐 쓰며 말하자 다른 누군가 답답한 마음에 언성을 높였다. 정보국 고위 간부는 대통령을 향해 시선을 옮겼다.

"죄송하지만 대통령님께서 고개를 숙이는 것 말고는 방법이 없습니다."

"음……."

대통령은 두 눈을 감고 생각을 정리했다. 옆에 앉아 있던 고위 장성이 벌떡 일어나 입을 열었다.

"대통령님이 고작 대한민국의 헌터 1명에게 사과를 한다는 말입니까? 당신! 생각이 있는 겁니까?"

"고작 헌터 1명이 아니라 단신으로 국가를 전복시킬 수 있는 무력을 가진 SS급 헌터입니다. 그를 죽일 수 있을지 확신도 없을뿐더러 가능하다고 해도 군과 정부 소속의 헌터들의 피해는 엄청날 겁니다. 감당할 수 있겠습니까?"

정보국 간부가 날카롭게 쏘아붙이자 고위 장성은 입을 닫고 의자에 앉았다. 이윽고 정보국 간부의 시선이 다시 대통령에게 향했다.

"대통령님. 결단을 내리셔야 합니다."

계속된 재촉에 마침내 러시아 대통령이 입을 열었다.

"비공식적인 루트로 강성준에게 사과하겠다고 대한민국에 전해주겠나?"

결국 러시아 대통령은 항복을 선언했다.

러시아 대통령의 사과와 함께 모든 적대 행위를 중단하겠다는 서약서가 성준에게 도착했다. 막상 사과를 받았지만, 성준은 아직 화가 풀리지 않았다. 그래서 그는 한국으로 돌아오기 무섭게 미국 중앙헌터국의 제니퍼 요원에게 다시 전화를 걸었다.

-제니퍼입니다.

이번에도 미국은 새벽 시간이었지만 그녀는 바로 전화를 받았다.

"러시아 정보국에서 습득한 따끈따끈한 자료 필요하지 않으세요?"

-저희에게 제공할 의사가 있다는 말씀이신가요?

제니퍼가 되물었다. 미국 정보기관들의 첩보력이 뛰어나기

는 하지만 평화적인 방법이나 조금 폭력적인 공작으로 얻을
수 있는 정보에는 한계가 있었다.

"'판매'할 생각입니다."

-판매요?

"예. 우선은 한국에 오시죠."

-알겠습니다. 바로 출발하겠습니다.

전화 통화가 끝났다. 제니퍼는 곧바로 성준과의 통화 내용
을 상부에 보고했다. 상부에서는 통화 내용을 긍정적으로 판
단했다.

"러시아의 정보도 얻고 강성준과 연결 고리도 견고하게 할 기
회다. 제니퍼 요원은 자금은 걱정하지 말고 '거래'에 임하도록."

제니퍼에게 지령이 하달되었다. 그녀는 임시로 조직된 팀과
함께 비행기에 올랐다. 긴 비행 끝에 대한민국의 땅을 밟은 그
녀는 현지 요원의 도움을 받아 성준의 저택으로 이동했다.

넓은 도로를 따라 달리던 차량은 저택 근처 검문소에서 멈
춰 섰다. 원래는 검문소가 없었지만, 블라디미르의 공격 이후
로 무장경찰국에서 경호 강화를 위해 검문소 여러 곳을 설치
했다.

"잠시 검문…… 아…… 혹시 오늘 방문 예정인 제니퍼 씨 맞
습니까?"

검문을 위해 다가온 무장경찰관은 차량 번호를 본 뒤에야

전달받은 내용을 떠올렸다. 제니퍼가 한국으로 오고 있을 때 현지 요원이 미리 성준에게 연락을 해두었던 것이다.

"지나가셔도 좋습니다."

덕분에 검문 없이 간단한 신원 확인 절차만 거치고 통과할 수 있었다.

"완전 요새네요."

현지 요원이 말했다. 저택 주변을 순찰하는 무장경찰관의 수도 많았고 근처에는 육군 중대 주둔지도 있었다.

"러시아의 공격이 있어서 대한민국 정부에서도 신경 쓰고 있는 모양이에요."

"아무래도 그렇겠죠? 대한민국 최초이자 유일의 SS급 헌터니까요."

제니퍼의 설명에 현지 요원은 납득했다. 어느새 두 사람이 탄 차량은 저택의 대문 앞에 도달했다.

경호원들의 최종 확인을 거친 뒤, 그들은 안으로 들어갔다. 성준이 정철과 함께 정원에서 그들을 기다리고 있었다.

"여기서 대기하세요."

"알겠습니다."

제니퍼는 현지 요원을 차고에 대기시킨 뒤, 성준을 만나기 위해 발걸음을 옮겼다.

"반갑습니다. 제니퍼 씨."

성준은 정철과 함께 정원에서 제니퍼를 맞이했다. 그녀는 성준의 인사를 반갑게 받아들이며 입을 열었다.

"여기는 노출되어 있습니다. 내부로 이동해서 이야기하는 게 좋을 것 같습니다."

성준은 제니퍼의 한국어가 유창해진 것 같다고 생각했다. 그는 몰랐지만, 그녀는 성준과 연결 고리가 있어서 전담 요원으로 배정되면서 한국어를 집중적으로 공부하고 있었다.

그녀는 통역 마법을 구사하지 못하기 때문에 노력할 수밖에 없었다.

"들어가시죠. 저택 안에 밀실이 있습니다."

"밀실까지 갖추고 있습니까? 대단하네요."

성준의 말에 제니퍼는 푸른 눈동자를 머금은 듯한 안경을 고쳐 쓰며 대답했다. 성준과 정철, 그리고 제니퍼는 저택 안의 밀실로 이동했다. 밀실 중앙의 탁자 위에는 정철이 직접 정리한 자료집이 놓여 있었다.

"이겁니까?"

성준이 고개를 끄덕이자 제니퍼는 말없이 자료집을 집어 들어 살폈다.

"생각보다 정리가 잘 되어 있네요? 직접 하신 건가요?"

"아닙니다. 여기 있는 박정철 씨가 대신 해주었습니다."

성준은 고개를 저으며 자연스럽게 정철을 소개했다.

"박정철이라고 합니다."

"분류를 잘해 놓으셨네요? 정보기관에서 근무하셨나 봅니다?"

"자세한 건 비밀입니다."

정철은 미소를 지으며 대답을 회피했다. 하지만 성준은 그가 짧게나마 국정원에서 일을 배운 적이 있다는 것을 알고 있었다. 얼마 전에 안 사실이었다.

아직도 정철과는 거리가 조금 있는 듯한 느낌이었다. 그에 대해 모르는 것도 여전히 많았다. 그럼에도 믿을 만한 사람이라는 것은 확실했다.

"비밀이라면 캐묻지는 않겠습니다. 중요한 건 그게 아니니까요."

제니퍼는 호기심을 철저하게 버렸다. 그녀가 일하는 곳에서 호기심은 불필요한 감정이었다.

자료 검토를 완벽하게 끝낸 뒤, 그녀는 자료집을 다시 테이블 위에 올리며 입을 열었다.

"중앙헌터국에서는 이 자료들을 구입할 의사가 있습니다. 이제 가격을 제시해 주시겠습니까?"

사실 자료 구입 여부는 제니퍼가 검토하기도 전에 결정된 내용이었다. 중앙헌터국에서는 성준과의 긴밀한 유대를 쌓아서 최소한 조력 관계를 구축하는 것을 원했다.

"3천억 원입니다."

성준이 말했다. 국정원 출신인 정철과 논의해서 정보의 가치를 판단했을 때 가장 적절하다고 생각되는 금액이었다. 자료에는 3천억 원의 가치가 충분히 있었고 상부에서 허가한 금액의 범위 한도 내였다.

그리고 지금 권한은 그녀가 가지고 있었기 때문에 흔쾌히 고개를 끄덕였다.

"달러로 괜찮죠?"

"현금으로 주는 겁니까?"

성준의 물음에 제니퍼는 미소를 지으며 입을 열었다.

"원하신다면 스위스 비밀 계좌를 개설해 드릴게요. 그쪽으로 입금해 드릴까요?"

러시아의 추적을 피하기 위해서는 비밀 계좌를 이용할 필요가 있었다.

"그게 좋겠네요."

"일주일 안에 비밀 계좌가 개설되고 3천억 원이 입금될 겁니다. 그때 다시 찾아와서 정보 자료들을 가져가겠습니다."

"그렇게 하세요."

성준이 생각하기에도 합리적인 거래 방식이었다. 그는 승낙했고 제니퍼가 저택을 떠나고 3일 뒤, 스위스 비밀 계좌가 개설되었다는 연락을 받을 수 있었다.

그리고 동시에 3천억 원이 입금되었고 제니퍼가 자료집을 가져가기 위해 방문했다.

"좋은 거래였습니다."

성준은 미소와 함께 자료집을 건네며 말했다.

"저희 도움이 필요하시면 언제라도 좋으니 연락 주셔도 좋습니다."

제니퍼도 미소를 지으며 대답했다. 성준이 판 정보들은 러시아 정보국의 주요 거점을 공격해서 습득한 것이었기 때문에 미국 중앙헌터국에서 파악하지 못한 내용도 다수 있었다. 결과적으로 미국은 손해를 본 장사를 한 것이 아니었다.

거래가 무사히 끝나고 성준은 일상으로 돌아왔다. 러시아와 불가침 조약이 유지되고 있었기에 방해할 사람은 없었다.

"박정철 씨. 은밀한 루트로 아이템 매각을 부탁하겠습니다."

성준은 미하일을 죽이고 얻은 A급 아이템 3개를 포함해 러시아 공격을 통해 확보한 전리품들을 정철을 통해 몰래 매각해서 7백억 원을 추가로 챙겼다.

"형님! 러시아 문제는 다 해결된 겁니까?"

장훈이 물었다. 그는 호전적인 성격답게 성준과 함께 러시아로 넘어가서 전투에 참여하고 싶어 했었다. 물론 수혁의 안전 문제 때문에 그렇게 할 수는 없었다.

"무사히 해결됐어. 이제 걱정하지 않아도 돼."

성준이 대답했다. 장훈의 옆에 있던 신철이 안심한 표정으로 고개를 끄덕였다.

"다행입니다. 그건 그렇고 오늘 오후에 A급 던전 솔플 일정이 있다고 하지 않으셨습니까?"

"아…… 맞아……. 3시에 있어."

"1시간 30분 후니까 슬슬 출발해야 할 것 같습니다."

"그래야겠네. 다들 일정 없어?"

정철은 경매장에 출근한 상태였기 때문에 신철과 장훈에게 묻는 것이었다.

"내일 장훈이랑 함께 A급 던전 공략 일정이 잡혀 있습니다."

S급 던전의 출현은 흔하지 않기 때문에 성준은 신철, 그리고 장훈과 따로 행동할 때가 많았다.

"그럼 다녀올게."

"기다리고 있겠습니다."

"다녀오십시오! 형님!"

성준은 A급 던전이 있는 곳으로 이동했다. 확인 절차를 거치고 던전을 클리어했다. 각성 던전에 출입할 자격이 되었지만, 우선은 던전을 나왔다.

-미행이 붙었습니다.

리슈발트가 싸늘한 목소리로 보고했다. 성준은 대답 대신 고개를 끄덕였다. 기척이 느껴졌다.

미행인은 은신 아이템을 사용하고 있는 것 같았지만 전문적으로 기척을 숨기는 기술을 익힌 것 같지는 않았다.

"또 피를 보게 될 줄은 몰랐는데……."

성준은 두 눈을 가늘게 뜨고 발걸음을 옮겼다. 주차해 둔 헌터 세단으로 가는 대신 골목으로 향했다. 미행인도 성준의 뒤를 따라 골목으로 진입했다.

"변형."

성준은 반지 모양의 '로엘'을 검으로 변형시키며 은신한 미행인에게 달려들었다. 은신이 풀리고 모습이 드러났다. 바닥에 쓰러진 그는 황급히 입을 열었다.

"저, 저는 당신의 적이 아닙니다!"

성준은 그의 얼굴을 살폈다. 익숙한 얼굴이었다.

-어째서 경이 이곳에……?

리슈발트도 그의 얼굴을 알아보았다.

유창한 한국어를 구사하는 푸른 눈에 곱슬 진 금발의 잘생긴 중년은 성준은 물론이고 리슈발트도 아는 얼굴이었다.

-마도학자 제로스가 분명합니다.

리슈발트가 말했다. 마도학자 제로스는 성준이 로우켈의 이름을 가졌던 전생에 그의 곁에서 활약했던 유능한 마도학자였다.

당연히 숙청당했을 것이라 생각했지만, 운이 좋아서 도망쳤던 모양이었다.

그는 차원 이론 쪽에도 깊이 있는 지식을 가지고 있었기 때문에 다른 차원인 지구에 모습을 드러낸 게 많이 이상하지는 않았다.

"한국어 잘하네? 이름부터 말해줄래?"

제로스를 알고 있는 건 현재의 성준이 아니라 전생의 로우켈이었기 때문에 그는 먼저 아는 체하지 않았다.

"아하하…… 칼을 좀……"

"자기소개부터 듣고 판단할 거니까, 재촉하지 마."

성준은 겨누고 있는 검을 치우지 않았다. 그에 대해 알고 있었지만, 경계는 늦출 수 없었다.

제로스는 싸울 의사가 없다는 것을 온몸으로 표현하며 옷 밖으로 천천히 목걸이를 꺼냈다.

"통역 마도구…… 이곳에서는 아이템이라고 하죠. 아무튼 이거 덕분에 이곳의 언어를 자유롭게 구사할 수 있었습니다. 그리고 제 이름은 제로스입니다."

그는 자신의 이름을 밝혔다. 기억보다 조금 늙기는 했지만, 예상대로 마도학자 제로스가 맞았다.

"날 미행한 이유는?"

"혹시 스승 되시는 로우켈 경에게서 제 이야기를 듣지 못한 것입니까?"

제로스의 말에 성준은 뒤늦게 '로우켈의 제자'라는 편리한 설정을 떠올렸다. '로우켈의 제자'라는 설정을 사용하면 환생에 대한 복잡한 설명을 생략할 수 있었다. 그는 생각을 정리한 뒤, 차분한 표정으로 입을 열었다.

"들은 것 같아."

"지금 이러고 있을 때가 아닙니다! 로우켈 경은 어디에 계시는 겁니까? 살아계신 거 맞지요?"

"그게……."

성준은 상황을 적당히 각색해서 설명했다. 그는 리도니아 대평원에서 로우켈이 죽은 게 맞다고 설명했다. 그리고 성준은 그전에 키워진 제자가 되었다.

-훌륭한 설명입니다.

거의 급조된 설정이었지만 리슈발트가 감탄할 정도로 치밀했다.

"그…… 렇군요."

제로스의 눈동자에서 반짝이던 희망이 불꽃이 희미해졌다. 하지만 이내 그는 생각을 정리하고 성준을 향해 곧은 시선을 보냈다.

평생 모셔왔던 로우켈의 죽음을 다시 확답받았지만, 눈앞에 그의 모든 것을 전수받은 제자가 있지 않은가?

그렇다면 그에게 충성을 바치면 되는 일이었다.

"성함이 어떻게 되십니까?"

"강성준."

"과거 로우켈 경에게 했던 것처럼 강성준 경에게 충성을 다하겠습니다. 저를 받아주시겠습니까?"

"물론이야. 환영한다."

성준은 흔쾌히 고개를 끄덕였다. 차원 이론에 깊은 지식을 가지고 있는 그가 합류한다면 큰 도움이 될 것이다. 각성 던전 외에도 제국을 공격할 방법이 생길지도 모른다고 성준은 생각했다.

그는 마도학자였지만 마법과 마도구 사용에 능숙해서 과거에도 A급 헌터 수준의 전투력은 갖췄던 걸로 기억하고 있었다.

"맹세컨대 걸림돌이 되지는 않을 겁니다."

"그래. 믿을게."

과거 제로스를 휘하에 두고 있었기 때문에 계속 반말이 자연스럽게 나왔다. 제로스도 당연하게 생각하고 있는 듯했기에 고치는 것은 그만두기로 했다.

"스승님이 돌아가시고 나서 처형당했을 것이라 생각했는데…… 어떻게 도망쳤지?"

"저는 다른 차원으로 통하는 관문에 관해 연구 중이었습니다. 로우켈 경께서 반역자로 낙인찍히고 황제의 움직임이 수상하다고 생각했을 때 저는 실험 중이던 차원 관문을 가동시켜 지구로 넘어올 수 있었습니다."

제로스가 설명했다. 그는 운이 좋게 몸을 피했지만, 예상대로 황제의 숙청은 있었던 모양이었다.

"아쉬운 점이 있다면 차원 관문과 도약에 관해 연구한 자료들을 폐기하지 못했다는 겁니다. 아마 그것들은 제국과 종족 연합의 이계 침공 계획을 추진하는 데 큰 도움이 되었을 겁니다."

지구에 던전 레이드 사태가 발생하고 헌터들의 시대가 찾아온 데에는 제로스가 미처 폐기하지 못한 연구 자료들의 도움도 있었던 것이다.

"그런데 나에 대해서는 어떻게 알게 된 거지?"

성준이 질문했다. 가장 궁금했던 것이었다. 제로스의 대답에 따라서 기사 여단의 추적자들이 어떻게 그를 찾아냈는지 추정할 수 있을 것 같았다.

"저는 살기 위해서 제국의 조력자를 통해 기사 여단의 정보를 전해 듣고 있었습니다. 그러다 우연히 헌터 닷컴에서 강성준 경의 '정당방위' 동영상을 보게 되었습니다. 동영상에서 강성준 경이 구사했던 검술은 완벽하지는 않지만 로우켈 경의 검술과 닮아 있었습니다."

제로스는 흥분한 표정으로 대답했다. S급 헌터 차규태와의 싸움을 이야기하는 것 같았다. 당시 주변에는 사람들이 많았다. 스마트폰의 동영상 촬영 기능을 사용한 이들도 있었던 걸로 알고 있었다.

얼마 전에 차원을 넘어 습격해 온 기사 여단의 추적자들이 있었다. 그들도 헌터 닷컴에 올라온 동영상을 봤을 확률이 높

있다. 그들은 처음에 현대복으로 위장하고 있었다. 그 모습만 봐도 이곳에 대한 지식을 어느 정도 갖추고 있다는 것을 알 수 있었다.

"역시 그랬나……?"

"저 말고도 방문자가 있었던 모양입니다?"

제로스가 날카로운 질문을 던졌다. 성준은 입꼬리를 끌어올렸다.

"'불청객'이라서 재워뒀어."

기사 여단 추적자들의 시체는 정철에게 처리를 맡겼었다. 지금쯤 아무도 모르는 곳에 묻혀서 썩어가고 있을 것이다.

"역시 로우켈 경의 제자답습니다. 그건 그렇고 어느 쪽이었습니까?"

"당연히 제국 쪽이야."

성준은 대답과 함께 주변을 살폈다. 그리고 다시 제로스를 보며 입을 열었다.

"한국에 거점이 있나?"

"없습니다. 하지만 장기 체류 문제는 해결해 두었습니다."

"그럼 내 거점으로 가자. 이제부터 거기서 지내면 되겠네."

성준은 제로스를 식구로 받아들이겠다는 것을 자연스럽게 말했다. 그와 함께한 경험이 있기 때문에 믿을 수 있다고 판단했다. 오히려 전생의 경험 덕분에 정철과 신철, 그리고 장훈보다 믿음직하게 느껴졌다.

"정말 그래도 되겠습니까?"

성준이 로우켈이라는 사실을 모르는 제로스는 자신을 쉽게 믿어주는 성준을 보며 질문했다. 부하로 받아줄 것이라는 사실은 믿어 의심치 않았지만 설마 거점에서 같이 생활하게 될 줄은 예상치 못했었다.

"문제없어. 그런데 짐은?"

"차원 주머니에 넣어두었습니다."

"짐이 많지 않은가 봐?"

성준이 물었다. 그도 차원 주머니를 쓰고 있지만, 용량이 크지 않은 경우가 많았다. 제로스는 미소와 함께 입을 열었다.

"제 차원 주머니는 개조해서 용량이 큽니다."

차원 주머니는 복잡한 구조이지만 제로스는 차원 마도학에 깊은 지식을 가지고 있는 권위자였기 때문에 개조가 불가능한 것은 아니었을 것이다.

"바로 가자. 할 이야기도 많을 것 같으니까."

성준은 제로스를 재촉했다. 그에게서 듣고 싶은 이야기가 많았다. 성준은 제로스와 함께 헌터 세단을 타고 저택으로 이동했다.

저택 주변에는 검문소가 있었지만, 성준이 운전대를 잡고 있었기 때문에 제로스는 검문 없이 통과할 수 있었다.

"형님! 이제 오십니까?"

홀로 차고 주변을 산책하고 있던 장훈이 달려와서 인사를 건넸다.

"이번에도 빨리 끝내셨네요. 역시 형님이십니다!"

"A급 던전이라서 별거 없었어. 그러고 보니 초면이지? 이쪽은 제로스라고 해. 예전부터 알고 있던 사람이야."

"그렇습니까? 반갑습니다."

장훈은 의심 없이 인사를 건넸다. 성준이 소개했다는 것은 믿을 만한 사람이라는 뜻이었다.

장훈은 산책을 계속했고 성준은 제로스와 함께 저택 내부의 밀실로 들어갔다.

"저택의 방어 설비가 상당하군요. 순찰하는 병력도 많고요."

대부분의 방어 설비가 정원에 매설되어 있었지만 제로스는 마도구의 힘을 빌린 덕분에 알 수 있었다.

"기사 여단이 언제 공격할지 모르니까 대비해 두는 게 좋다고 생각했지."

성준이 대답했다.

"최근 제가 접한 소식에 의하면 제국도 본격적으로 움직이고 있는 것 같습니다."

제로스가 말했다. 사실 기사 여단의 기사들이 차원을 넘어 성준을 추적했다는 것만으로도 제국이 예전과는 다른 움직임을 보이고 있다는 것을 쉽게 추측할 수 있었다.

"제국이?"

"기사 여단과 차원 기동부대의 훈련소가 공격당하고 전술 마탑이 불에 탔습니다. 로우켈의 제자가 나타났다는 것은 더 이상 비밀이 아닙니다."

제로스는 심각한 표정으로 등받이에 몸을 기댔다. 성준은 제로스를 보며 입을 열었다.

"스승님에게 듣기로는 방어 목적의 마법 함정에도 재능이 있다고 하던데…… 사실인가?"

"아주 수준 높은 거는 힘들겠지만요."

"상관없어. 제국과 종족 연합의 특무군이 언제 공격해 올지 모르니까 협조해 줬으면 좋겠어."

"이미 저는 강성준 경에게 충성을 맹세했습니다. 군대가 공격해 와도 버틸 수 있도록 방어 마법진으로 도배를 해두겠습니다."

제로스는 자신감 넘치는 목소리로 말했다. 그는 마도학은 물론이고 마법에도 재능이 있는 천재였다. 성준의 전생, 로우켈이 괜히 그와 친밀하게 지냈던 게 아니었다.

"본채에서 지내면 돼. 원하는 방 골라서 쓰면 되고, 지하실을 공방으로 사용할 수 있게 해줄게."

마법사나 마도학자에게 있어서 공방의 존재는 필수였다. 아니나 다를까 성준의 말에 제로스는 미소를 지어 보였다.

"정말 감사합니다."

"그건 그렇고 물어볼 게 있는데……."

"뭐든 질문하세요."

"우선은 이것부터 설명해야겠네."

성준은 각성 던전에 대해 설명했다. 설명을 끝까지 들은 제로스는 차분한 표정으로 입을 열었다.

"우선 이곳에서 던전과 레이드라고 부르는 현상은 모두 이계와 연결되어 있습니다. 제국과 종족 연합에서 인위적으로 차원 관문을 만들어 연결한 것이죠."

제로스는 기초 이론을 설명하기 시작했다. 성준은 고개를 끄덕이며 경청했다.

"던전이나 레이드와 연결된 차원 관문이 오래 열려 있을수록 차원이 불안정해집니다."

"던전과 레이드는 차원을 불안정하게 만들려는 목적이었나……? 왜 차원을 불안정하게 만들려는 거지?"

"차원이 불안정해질수록 더욱 거대한 차원 관문을 열 수 있게 됩니다. 그렇게 되면 어떻게 될까요?"

제로스는 성준에게 물었다. 아주 간단한 질문이었다. 성준은 심각한 표정으로 입을 열었다.

"군대가 넘어오겠지."

"그렇게 되면 차원 전쟁이 시작되는 겁니다. 차원이 불안정해지면서 흘러들어온 마력으로 헌터들이 각성했다고는 하지만 이계는 일반 병사조차 마력을 보유할 정도로 마력이 풍부한 곳입니다."

성준은 고개를 끄덕였다. 지구에서는 무장한 일반인을 죽여도 흡수할 마력이 거의 없었지만 이계에서는 병사들을 죽여도 마력을 조금이나마 흡수할 수 있었다.

"제국과 종족 연합의 군대가 진정한 침공을 시작하면 지구는 전멸할지도 모릅니다."

"내가 가만히 있지 않을 거야."

성준은 비장한 각오를 다짐한 표정으로 말했다. 제국과 종족 연합은 전생의 자신을 죽였다. 그 빚을 반드시 갚아줄 생각이었다.

"로우켈 경의 원한이 방아쇠가 되어서 각성 던전이 열린다는 것까지는 어떻게든 이해가 갑니다. 하지만 각성 던전을 통한 공격만으로는 제국을 저지하기 힘듭니다."

"다른 방식의 선제공격을 이야기하는 건가……?"

성준의 물음에 제로스는 고개를 끄덕이며 입을 열었다.

"차원 도약 이론서만 있으면 이쪽에서도 차원 관문을 열 방법을 제가 찾을 수 있습니다."

차원 마도학에 재능 있는 마도학자답게 그의 목소리에서 자신감이 넘쳤다. 그 모습을 보며 성준도 미소를 지었다.

"설마 가지고 계신 겁니까?"

성준은 대답 대신 고개를 끄덕였다.

"차원 기동부대 훈련소에서 엄중히 보관하고 있었을 텐데요."

"각성 던전이 거기에서 열려서 전부 죽이고 이론서를 가져왔지."

"훈련소에 많은 정예 병력이 배치되어 있었을 텐데…… 역시 로우켈 경의 제자답습니다."

제로스는 감탄했다. 성준은 차원 주머니에서 차원 도약 이론서를 꺼내서 제로스에게 건넸다.

"차원 도약 이론서가 확실합니다. 이거라면 더욱 안정적인 차원 관문을 만드는 데에 큰 도움이 될 겁니다."

그는 차원 도약 이론서가 진품이라는 사실을 확인했다. 이론서를 읽어 내려가는 제로스의 눈동자가 반짝였다.

"설마 이걸 제 눈으로 직접 보게 될 줄은 몰랐습니다."

관계자가 아닌 이들은 특수한 경우를 제외하면 차원 도약 이론서를 읽을 기회가 없었다.

"어때?"

"더 읽어봐야겠지만 지금까지는 내용을 이해하는 데 어려움이 없습니다. 정독을 끝내면 안정적인 차원 관문을 열 수 있는 실마리가 잡힐 것 같네요."

제로스가 대답했다. 그가 이계에서 지구로 건너올 때 사용했던 차원 관문을 불안정한 것이었다.

자칫하면 중간에 차원 폭풍에 휩쓸려 목숨을 잃을 수도 있었던 것이었다. 그런 불안정한 차원 관문이라면 지금이라도 열 수 있겠지만 그러다 목숨을 잃으면 그것은 의미 없는 죽음이었다.

"일단은 제국에서 언제 알아낼지 모르니까 저택의 방어 마법에 신경 써주면 좋을 것 같아."

차원 관문은 당장 급한 문제가 아니었다. 현재 성준의 전투력으로는 차원 관문이 열리더라도 제국이나 종족 연합에 입힐 피해의 한계가 분명했다.

"알겠습니다. 그러면 먼저 저택에 설치할 방어 마법에 대해 생각해 보겠습니다."

제로스는 성준의 요청대로 저택의 방어를 먼저 생각했다. 그는 며칠 동안 저택에 방어 마법을 설치했다. 마도학자라서 그런지 남들과 쉽게 어울리지 못하는 성격이라서 신철과 장훈, 그리고 정철과 섞이려 들지 않았지만 크게 문제 되지는 않았다.

"완성했습니다."

12월의 어느 날 성준이 A급 던전의 솔플을 끝내고 왔을 때였다. 제로스는 방어 목적의 마법진 각인이 끝났다는 사실을 보고했다. 그는 성준과 함께 저택을 거닐며 각인된 방어 마법들에 관해 설명했다.

말이 방어 마법이지 치명적인 살상 능력을 지닌 마법도 많이 각인해둔 모양이었다.

"이것으로 강성준 경의 저택 방어 능력은 2배가량 증가했다고 해도 과언이 아닙니다."

"그런데 방어 마법 통제는 누가 하는 거지? 살상 능력이 뛰어나서 누군가 통제해야 할 것 같은데? 아군을 공격할 수도 있잖아."

성준이 말했다. 저택에 다수 설치된 자동 포탑 같은 경우엔 등록된 식별 표를 소지하고 있는 이들을 아군으로 인식하는 시스템이었다.

"아…… 미처 설명 드리지 못했습니다. 제가 '적'이라고 마법으로 각인한 대상에게만 방어 마법이 작동하니까 너무 걱정하지 않으셔도 됩니다."

반대로 말하면 제로스가 목숨을 잃으면 기껏 설치해둔 방어 마법들이 무력화된다는 것이었다. 그리고 그는 그것을 직접 입에 담는 것으로 자신의 중요성을 어필했다. 덕분에 성준은 저택이 공격당했을 때 보호해야 할 대상에 제로스를 끼워 넣게 되었다.

"활성화는?"

성준은 전생에 검성이었지만 마법에 대한 지식도 어느 정도 가지고 있는 엘리트였다. 그래서 방어 마법은 활성화 작업을 끝내야 본래의 효력을 발휘한다는 것을 알고 있었다.

"조금 전에 마력을 주입했습니다. 지금 당장 적이 쳐들어온다고 해도 문제없습니다. 요격할 수 있어요."

"그러면 믿고 외출해도 되겠네."

"일정이 있으십니까?"

제로스의 물음에 성준은 고개를 끄덕이며 입을 열었다.

"길드를 하나 만들려고 준비 중이야. 길드에 대해서는 알고 있지?"

"당연히 알고 있습니다. 그런데 지금 상황에서 굳이 길드를 만든다는 건…… '친위대'를 양성할 생각이십니까?"

제로스는 성준의 의도를 단번에 간파했다.

"눈치가 빠르네."

"박정철 씨와 유신철 씨, 그리고 박장훈 씨만 봐도 강성준 경이 친위대 양성을 위한 준비를 하고 있다는 것을 알 수 있었습니다."

"그런 셈이지. 아무튼 그거 때문에 사람 한 명 만나고 던전하나 공략하고 올 테니까, 집 잘 보고 있어."

"저택 방어는 걱정하지 않으셔도 됩니다. 제가 있으니까요."

제로스는 자신감이 넘쳤다. 성준은 고개를 끄덕인 뒤, 설아를 만나기 위해 차를 타고 외출했다.

-그나마 왕국 연합이 총동원령으로 반격 작전을 펼치고 있어서 다행입니다.

한산한 도로에 진입하자 리슈발트가 말을 걸어왔다. 며칠 동안 제로스와 많은 대화를 나눴다. 덕분에 리도니아 대평원 이후, 제국과 종족 연합의 소식도 많이 들을 수 있었다. 제로스는 살아남기 위해 이계의 조력자를 통해 정보를 모으고 있었던 것이었다.

"왕국 연합이 얼마나 버텨주느냐가 문제야."

성준이 말했다. 왕국 연합이 무너지는 순간 제국과 종족 연합의 총력은 이계 침공에 쏠릴 것이다.

그러면 차원 관문 연구도 가속화될 것이고 얼마 지나지 않아서 그들의 군대가 지구를 침공할 것이다.

그나마 왕국 연합이 반격 작전을 펼치면서 제국과 종족 연합을 교란한 덕분에 그들의 이계 침공 계획이 본격적으로 시작되지 않은 것이었다.

-도착한 것 같습니다.

리슈발트가 말했다. 그와 심각한 대화를 하며 운전을 하다 보니 약속 장소에 금방 도착했다.

그는 근처에 주차를 끝내고는 카페로 들어갔다. 약속 시간 20분 전이었지만 설아가 먼저 와서 그를 기다리고 있었다.

"윤설아 씨? 먼저 오셨으면 연락을 하셨으면 좋았을 텐데요……."

성준은 그녀의 앞에 앉으며 말했다. 사실 그녀는 카페에 도착해서 그를 기다린 지 꽤 되었지만, 미소를 지어 보였다.

굳이 따진다면 성준과 빨리 만나고 싶어서 한참 먼저 나온 그녀에게 잘못이 있었다.

"마침 근처에 일이 있었는데 빨리 끝났어요. 먼저 와서 커피 한잔하고 있었죠."

"그런 거라면 다행입니다. 절차는 잘 마무리가 되었나요?"

"네, 필요한 서류 전부 작성했어요. 이제 이거 가지고 헌터 관리국에 가서 신청만 하면 되는 거예요."

"고생이 많으셨습니다."

성준의 칭찬에 설아의 입가에 미소가 번졌다. 성준을 생각하는 그녀의 감정은 많이 선명해져 있었다.

"서류는 제로스 것까지 작성된 거겠죠?"

성준이 물었다. 제로스는 뒤늦게 합류했기 때문에 4일 전에서야 설아에게 부탁했었다. 그래서 서류 작성이 완전히 끝난 것인지 확인이 필요했다.

"네. 걱정하지 마세요."

"수고 많으셨습니다."

성준은 대답과 함께 시계를 확인했다. 던전 공략 일정 전에 길드 등록 절차를 끝내려면 지금 일어나야만 했다.

성준이 자리를 털고 일어나자 설아도 남은 커피를 두고 따라나섰다.

"바쁘신가 봐요?"

그녀의 목소리에서 아쉬움이 묻어 나왔다. 성준은 고개를 끄덕이며 입을 열었다.

"던전 공략 일정이 잡혀 있어서요. 그전에 길드 등록하려면 빨리 가야 할 것 같습니다."

"네……."

"마정석 납품 계약은 착실히 이행하겠습니다. 걱정하지 마세요."

성준이 솔플로 획득하는 마정석의 수만 해도 엄청났다. 이걸 모두 설아에게 넘길 경우 청룡 그룹에서 그녀의 입지도 올라갈 것이다.

청룡 그룹은 정부로부터 마정석 취급을 허가받은 기업이기 때문에 길드나 정규 공략팀과 계약을 해서 납품받을 수 있었다.

"네."

설아는 성준과 더 있고 싶었다. 이대로 그를 보내기에는 아쉬웠지만 어쩔 수 없었다. 그를 붙잡는 것은 방해만 된다는 것을 그녀는 잘 알고 있었기 때문이었다.

그저 지금 할 수 있는 것은 성준이 차를 주차한 곳까지 따라가는 것뿐이었다. 그 이상은 방해가 된다.

"그럼 이만 가보겠습니다."

성준은 차를 타고 헌터 관리국으로 이동했다. 미리 메시지를 보내둔 덕분에 현성이 1층에서 기다리고 있었다.

그는 다가오는 성준을 보더니 반가운 표정으로 악수를 청해왔다.

"강성준 씨! 오랜만입니다! 그동안 잘 지내셨죠?"

성준은 SS급 헌터였기 때문에 누구나 그와 친분을 쌓고 싶어했다.

"사무실로 올라가시죠."

현성의 제안에 성준은 고개를 끄덕였다.

전용 창구에서 담당자 한소은과 천천히 이야기나 하면서 처리해도 되지만 현성의 사무실에서 진행하는 것도 나쁘지 않고 생각되었다.

두 사람은 사무실로 올라갔다. 성준은 설아가 작성해 준 서류를 현성에게 전달했다.

"서류에 문제는 없습니다. 깔끔하게 작성해 오셨네요? 길드 처음 등록하는 분들이 서류 작성에서 힘들어하시는 경우가 많거든요."

누구나 마음만 먹으면 길드 등록을 신청할 수 있지만, 절차가 까다롭기 때문에 포기하는 헌터들도 여럿 있었다. 특히 서류 작성 같은 경우도 복잡해서 대리로 작성해 주는 직업이 있을 정도였다.

성준은 길드의 총무를 맡게 될 설아가 책임지고 맡아서 작성해 주었다. 그녀는 청룡 그룹 길드 계획 실장을 맡고 있었기 때문에 관련 지식을 잘 알고 있었다.

"저희 측에서 강성준 씨를 도울 인력을 파견할 계획도 있었습니다."

헌터 관리국의 입장에서도 성준은 중요한 인재였기 때문에 불편한 사항이 없도록 신경 쓰고 있었다.

"지인이 도와준 덕분에 쉽게 해결했습니다."

"다행이네요. 나머지 절차는 저희가 알아서 진행하겠습니다. 강성준 씨가 귀찮을 일은 없을 겁니다."

"조금 더 귀찮은 일이 많을 거라고 생각했었습니다."

성준은 솔직하게 말했다. 헌터 닷컴에서 길드 등록과 관련된 게시글을 검색했을 때는 절차가 복잡하고 귀찮아서 힘들다는 내용이 많았었다.

그의 말에 현성은 미소를 지으며 입을 열었다.

"원래는 그렇지만 모든 일에는 예외라는 게 있으니까요."

현성은 성준이 특혜를 받고 있다는 사실을 강조했다.

"아무튼, 잘 부탁드립니다."

"맡겨주세요."

성준은 현성과 헤어진 뒤, A급 던전을 공략했다. 동조율은 56%로 변화는 없었다. 공략을 끝내고 마정석을 매각한 뒤, 저택으로 돌아오는 길이었다.

성준은 저택 주변에서 은신한 다수의 기적을 감지했다.

"리슈발트."

-하명하시면 따르겠습니다.

"저택이 포위당했다."

-러시아 놈들은 아닙니다.

이유는 알 수 없었지만 리슈발트의 목소리에서는 강한 확신이 흐르고 있었다.

"그러면 역시……."

성준의 눈동자에 살기가 깃들었다.

"제로스 녀석…… 급하게 온다고 뒤를 밟힌 모양이네."

성준은 고개를 저었다.

하지만 그의 입가에는 사악한 미소가 번지고 있었다. 그런 그를 보며 리슈발트도 들뜬 표정으로 입을 열었다.

-이번에는 동조율이 얼마나 오를지 궁금합니다.

이미 그들에게 마력을 보유한 '적'이라는 존재는 동조율 상승을 위한 제물로 인식되고 있었다.

성준은 서둘러 저택 안으로 들어갔다. 순찰하던 경호원들이 그에게 인사를 건넸다.

성준은 대충 고개를 끄덕이는 것으로 답하며 제로스와 정철, 그리고 신철과 장훈을 불러 모았다. 다행히 성준이 그들을 소집할 때까지 전투는 시작되지 않았다.

제로스의 방어 마법이 사방이 각인되어 있다는 것을 눈치채고 계획을 수정하고 있는 것이었다.

"러시아에서 또 형님을 노리는 겁니까?"

장훈이 물었다. 그는 언제나처럼 서론을 잘라먹고 직설적으로 질문했다. 그런 면을 성준은 좋아했다.

"아니…… 이번에는 다른 놈들인 것 같아."

"러시아가 아니면 어떤 새끼들이죠? 감히 형님을 노리다니……"

장훈은 자기 일처럼 분노했다. 성준은 바로 대답하는 대신에 제로스를 향해 힐끗 시선을 보냈다. 장훈은 눈치채지 못했지만, 시선을 느낀 제로스는 고개를 푹 숙이며 입술을 달싹였다.

-죄송합니다. 강성준 경.

메시지 마법이었다. 성준은 그것을 사용할 수 없기 때문에 대답하지 않았다. 대신 검을 뽑아 들며 신철을 향해 시선을 옮겼다.

성준의 시선을 느낀 신철은 무전기를 들어 올리며 입을 열었다.

"경호팀에 연락을 해두겠습니다."

"어떻게 하든 눈치를 채겠지만 가능하면 은밀하게."

제로스를 추적해 온 제국의 병력이라면 차원 기동부대나 특무군일 확률이 높았다. 그리고 그들은 기습에는 전문가였기 때문에 경호원들의 움직임을 보고 발각 여부를 쉽게 알 것이다.

"지시해 두겠습니다."

신철은 무전기를 입가로 가져갔다. 이윽고 경호원들이 은밀하게 방어 대형을 갖추기 시작했다. 하지만 성준의 예상대로 적들은 이런 일의 전문가들이었다.

그들은 은신을 한 상태였지만 이미 모든 경우의 수를 예상하고 계획을 짠 상태였기 때문에 수신호조차 보내지 않고 일사불란하게 대형을 갖췄다. 공격 시간이 정해져 있는 것인지 먼저 움직이지는 않았다.

리슈발트는 이 사실을 성준에게 보고했다.

"놈들이 움직이고 있다. 반격할 준비를 갖춰."

성준은 모두에게 지시를 내렸다. 각 건물 옥상과 보초탑에 거치된 기관총에 경호원들이 배치되었다.

그들이 긴장된 얼굴로 보이지 않는 공포와 맞서고 있을 때 성준은 눈동자를 빠르게 움직여 주변을 훑었다.

'50명 정도……? 생각보다 많아…….'

단순히 추적자들이 아니다. 증원을 부른 것인지 수가 많았다. 꽤 많은 양의 마력이 감지되는 것으로 보아 실력자들도 다수 섞여 있다는 것을 알 수 있었다.

-정찰을 다녀오겠습니다.

리슈발트의 말에 성준은 대답 대신 작게 고개를 끄덕였다. 리슈발트는 정찰을 나갔다가 3분 만에 돌아왔다.

-은신하지 않은 이들이 10명 정도 있어서 살펴보았습니다. 전투 복장을 보니 차원 기동부대와 제국 특무군이 섞여 있었습니다. 그리고 제국 특무군은 유령 부대와 집행 부대가 함께 온 것 같습니다.

특무군에서도 집행 부대는 제국 내부의 일을 다루는 곳이다. 제로스의 일을 아직까지 제국 내부의 일로 여기고 있는 것인 듯했다.

'이쪽에 집행 부대까지 넘어와 있었나……? 제로스만 노리고 넘어왔을 리는 없을 텐데…….'

성준은 생각을 정리하면서 눈살을 찌푸렸다. 차원 관문을 넘는 일은 쉽지 않을 것이다. 능력 있는 마도사이기는 하지만 제로스 한 명만을 노리고 집행 부대가 건너왔을 리는 없다고 생각했다.

"마력 반응! 다수의 은신 병력이 접근 중입니다."

신철이 보고했다. 그는 제로스가 저택 근처에 설치해둔 탐지 마법진의 도움을 받아 다수의 은신 반응을 포착했다.

"방어 마법진을 작동시키겠습니다."

성준이 고개를 끄덕이자 제로스는 마력을 일으켰다. 곳곳에 각인된 마법진이 마력에 자극받으면서 속성 공격 마법을 쏟아냈다.

"크아아악!"

"커헉!"

화염에 휩싸이고 얼음 창에 심장이 꿰뚫렸다. 공격 마법에 당한 이들은 고통에 찬 비명과 함께 쓰러졌다.

다른 이들도 회피하느라 황급히 움직인 탓에 대부분이 은신 상태에서 벗어나게 되었다.

그들을 향해 기관총 세례가 퍼부어졌지만, 대부분이 너무나 쉽게 회피했다.

"화망을 형성해!"

집중 사격으로 1명이 목숨을 잃었지만 다른 이들은 담을 넘어 정원으로 침입했다. 선봉은 기습과 잠입에 능한 유령 부대가 맡았다.

성준이 비정상적으로 기척 감지에 뛰어나서 들켰지만 원래 그들의 잠입 솜씨는 쉽게 발각될 만한 게 아니었다.

휙! 휙!

"커헉!"

"크악!"

선두의 유령 부대 암살자들이 던진 암기들이 경호원들의 몸에 깊숙이 파고들었다. 단 한 번의 일제 투척에 D급 헌터 2명이 포함된 경호원 5명이 힘없이 쓰러졌다. 쉽게 피할 수 없을 정도로 절묘한 투척술이었다.

"힐링 스프레이!"

모두가 목숨을 잃은 것은 아니었기 때문에 성준은 쓰러진 경호원들을 향해 '힐링 스프레이'를 뿌렸다.

왼손에서 흩뿌려진 백색의 빛무리에 닿은 경호원 둘의 몸이 들썩이는 게 보였다.

하지만 선두를 뒤따르던 집행 부대의 암살자들이 그들의 목에 단검을 꽂아 넣는 것으로 숨통을 끊어놓았다.

전투 중에도 힐러의 존재에 쓰러진 이들의 목숨을 확실하게 처리하는 그 잔혹한 손속에 성준은 혀를 내둘렀다.

"정원이 조금 망가져도 괜찮겠지요?"

"불청객들만 보내 버릴 수 있다면 상관없어."

신철의 성준의 대답을 듣기 무섭게 광역 공격 마법을 완성했다. 하늘에서 날카로운 얼음 조각 수십 개가 암살자들의 머리 위로 떨어졌다.

"크아악!"

"크윽!"

몇 명이 쓰러졌지만 다른 이들은 지상 위로 모습을 드러낸 바리게이트를 넘어 돌진해 왔다.

헌터 출신 경호원들이 달려갔지만, 선봉의 주력을 맡고 있는 이등 살수들은 A급 상위 티어의 실력자들이다. 일등 살수는 없었지만, 대부분 E급에서 C급으로 구성된 헌터 경호원들이 상대가 될 리가 없었다.

"가자."

고개를 내밀고 사격하던 자동 포탑들마저 순식간에 무력화되었다. 성준은 장훈에게 지시를 내리며 먼저 앞으로 달려 나갔다. 본채의 방어에 집중하려고 생각했었지만, 방어선이 너무나 빠르게 무너지고 있었다.

"너무 걱정하지 마시길! 방어 마법은 아직도 많이 남아 있습니다."

제로스가 마력을 운용하여 방어 마법을 가동시켰다.

쾅!

천지를 뒤흔드는 굉음과 함께 사방에서 폭발이 솟구쳤다. 순식간에 이등 살수로 구성된 침투조가 전멸했다.

"조금 소란스럽지만 말이죠."

제로스가 설명을 덧붙였다. 폭발로 일어난 흙먼지가 가라앉기도 전에 전투조가 침입했다. 그들 중에는 일등 살수도 1명 섞여 있었다.

"저 새끼는 제가 베겠습니다!"

장훈이 맹호처럼 달려 나갔다. 일등 살수, 강자의 존재를 감

160 스트리스터 할머님 6

지한 것이다. 고속 이동술과 일등 살수와의 거리를 순식간에 좁힌 그는 오러가 깃든 대검을 들어 올렸다.

'충분히 막을 수 있다.'

일등 살수는 그렇게 생각하며 단검을 들어 올렸다. 단검에는 오러가 깃들어 있었고, 방어가 가능하다고 생각했지만 생각보다 대검이 휘둘러지는 속도가 빨랐다.

"이, 이런! 크악!"

방어에는 성공했지만, 대검에 실린 거대한 힘을 버티지 못하고 멀리 날아가 버렸다. 그리고 그런 그의 머리 위로 불의 비가 쏟아졌다.

"크아아아악!"

날아간 충격으로 전신의 뼈가 박살 난 탓에 그는 곧바로 회피 동작을 취하지 못했다. 화염 소나기를 그대로 맞아야만 했고 불길에 휩싸여 고통스럽게 타들어 갔다.

"조장님이 일격에?"

"모두 주의해라! 실력자들이 있다!"

습격하기 전에 마력 반응을 살폈겠지만, 생각보다 장훈과 신철의 실력과 센스가 뛰어난 탓인지 암살자들은 당황한 모습을 보였다. 곧바로 재정비하려는 움직임을 보였지만 성준이 그것을 놓치지 않고 먼저 습격했다.

"크악!"

가장 앞에 있던 암살자의 목이 날아갔다. 비명이 터진 곳으로 다른 이들의 시선이 향했을 때 성준은 그곳에 없었다.

성준은 계속해서 고속 이동술을 펼쳤다. 전력을 다할 필요도 없었다. 그가 검을 휘두를 때마다 암살자들의 머리가 바닥에 떨어져 뒹굴었다.

"제, 제기랄!"

흙먼지가 다 가라앉지도 않았다. 안의 상황을 모르는 후발대는 계속해서 밀려 들어오고 있었다.

그들은 곧 성준과 장훈의 검에 목숨을 잃었다. 후발대 인원은 대부분 실력이 떨어지는 이들이었다.

-전원 처리했습니다. 도망친 이들은 없습니다.

리슈발트가 보고했다.

"전장에서 죽는다라는 건가……? 황제의 가르침은 여전하네."

성준은 리슈발트에게만 들릴 정도의 작은 목소리로 중얼거리며 고개를 저었다. 병사들을 소모품 취급하는 제국다운 이념이었다.

어쩌면 극한의 불리한 상황에서도 후퇴하지 않는 전술이 지금의 강대한 제국을 만들었을지도 모른다는 생각이 문득 들기도 했다.

"흡수"

-동조율의 변화는 없습니다.

'흡수'는 가장 중요한 마무리 절차였기 때문에 절대 잊지 않았다. 그가 암살자들에게서 마력을 흡수하자 리슈발트가 곧바로 동조율에 대해 보고했다. 안타깝지만 적들의 수준이 높지 않아서 그런지 동조율 변화는 없었다.

"군이 도착했습니다."

경호팀장을 맡고 있는 경민이 다가와 보고했다. 뒤늦게 육군 중대와 무장경찰관들이 도착하긴 했지만, 워낙 순식간에 습격자들을 처리해서 그런지 그들은 할 게 없었다. 심지어 뒤처리조차 정철이 부른 검은 정장을 입은 이들이 맡았다.

"시체는 제가 알아서 처리하겠습니다."

"신원 조회는 저희 쪽에서 처리하는 게 빠를 텐데요."

국정원 요원이 반박했다. 하지만 정철은 단호한 표정으로 입을 열었다.

"강성준 씨의 뜻입니다. 저희 쪽에서 빠르게 처리할 겁니다."

"그렇게까지 말씀하신다면…… 일단은 알겠습니다."

성준이 미국의 조력을 받는다는 사실은 대한민국 측에서도 알고 있었다. 그래서 아마 미국의 도움을 받는다고 생각했을 것이다.

국정원 입장에서는 자존심 상하는 일이었지만 어쩔 수 없었다. 중앙헌터국이 더 유능하다는 것은 사실이었으니까.

성준은 짜증 섞인 시선을 주변에 흩뿌렸다. 돈이 문제는 아니지만, 정원을 복원하려면 시간이 조금 걸릴 것 같았다. 그런 그의 곁에 제로스가 다가왔다.

"로우켈 경께서는 이런 일을 겪으면 반드시 복수하셨습니다. 강성준 경께서는 어떠십니까?"

제로스가 물었다. 성준은 입꼬리를 끌어 올렸다.

"당연히 복수해야지. 각성 던전이 열릴 때도 되었으니까."

성준의 대답에 제로스의 입가에도 미소가 번졌다. 성준은 그에게 각성 던전에 대해 설명한 적이 있었다.

동조율에 대해서는 말하지 않았지만, 어느 정도 경지에 도달할 때마다 열린다고 말해두었다.

"피바람이 불겠네요."

기쁜 마음을 주체할 수 없는 표정이었다. 차원을 넘어 도망쳤다고는 하지만 제국에서도 차원 관문 기술이 연구되면서 특무군에게 추적당하는 생활을 했던 게 고달팠던 것이다.

"다 죽여 버릴 거야."

성준의 눈동자에서 살기가 흘러넘쳤다. 가능하면 제국에 치명적인 타격을 입힐 수 있는 곳에 각성 던전이 열리길 바랐다.

5장
전장에서

"복원 작업에는 시간이 조금 걸릴 것 같습니다. 제로스 씨가 워낙 화려하게 암살자분들을 환영해 주서서요."

정철이 보고했다. 화려한 환영이라는 것은 제로스가 터뜨린 폭발 마법진을 말하는 것이었다. 폭발 마법진이 작동한 주변은 포격을 맞은 것처럼 엉망이었다.

"사실 폭발 마법 때문만은 아닙니다. 이번에 기습에 동원된 병력이 워낙 실력이 좋아서 자동 포탑 대부분이 3분이 지나기 전에 모두 파괴되었거든요."

정철은 피해 상황이 적힌 보고서를 넘기며 말했다. 신경 써야 할 문제가 많아지니 절로 고개를 저을 수밖에 없었다.

성준을 따르기로 했지만, 경매장 일 때문에 바쁜 상황에서 다른 일이 겹치는 것은 반갑지 않았다.

최대한 티를 안 내려고 했지만, 전생의 경험 덕분에 다른 이들의 표정을 잘 읽는 성준의 눈을 피해갈 수는 없었다.

'보너스라도 줘야겠어.'

좋은 사람을 잘 관리하는 것도 능력이었다. 그리고 성준은 전생에 인망이 있는 편이었다. 그를 따르는 이들은 많았지만, 지금은 모두 숙청당했을 것이다. 그것을 생각하니 마음이 아팠다.

'반드시 제국에 복수한다.'

성준은 다시 한번 복수를 다짐했다. 이윽고 그는 정철을 향해 시선을 옮기며 입을 열었다.

"돈은 얼마가 들어도 상관없습니다. 작업은 최대한 빨리 진행하세요."

"역시 강성준 씨입니다. 돈이 많이 들어가면 안 되는 일이 없지요."

정철은 만족스러운 미소를 지었다. 일이 줄어서 기분이 좋은 모양이었다.

"그럼 저는 작업이 잘 되고 있는지 확인하러 가보겠습니다."

성준이 대답 대신 고개를 끄덕이자 그는 작업 책임자가 있는 곳으로 발걸음을 옮겼다. 그리고 제로스가 찾아왔다.

"오늘 제국을 공격할 생각이십니까?"

각성 던전 공략을 말하는 것이다. 제국이 언급되자 복수심이 끓어 넘쳤지만, 성준은 차분한 표정으로 입을 열었다.

"그래. 각성 던전이 어디에 열릴지 모르겠지만 철저하게 박살 내고 올 거야."

제국의 병력은 물론이고 모든 시설을 파괴할 것이라고 성준은 다짐했다.

"일정은 언제입니까?"

"4시간 뒤야. 내가 없을 때 저택을 부탁할게."

"아무 일도 없을 겁니다. 지구에서 활동 중인 이계인들은 많지 않으니까요."

제로스는 어느새 성준의 충직한 심복이 되어 있었다. 과거 로우켈을 믿고 따랐기에 그의 제자라고 생각되는 성준에게 모든 것을 바치기로 한 것이었다.

성준은 복원 작업을 구경하다가 각성 던전을 열기 위해 A급 던전 솔플이 예정되어 있는 곳으로 이동했다. A급 던전은 이제 그에게 너무나 쉬운 곳이었다. 신기록을 달성하지는 못했지만, 순식간에 클리어했다.

-각성 던전을 열겠습니다.

리슈발트가 말했다. 성준이 고개를 끄덕이자 그는 마력을 일으켰다. 주변이 녹아내리고 풍경이 바뀌었다.

탁 트인 평원에 수천이 모여서 싸우고 있었다. 상황 파악이 완전히 끝나기도 전에 그의 옆에 거대한 화염구가 떨어져 폭발했다. 위험한 거리는 아니었기 때문에 굳이 피하지 않았다.

-제국군 깃발과 왕국 연합군의 깃발입니다. 아무래도 전쟁터에 떨어진 것 같군요.

리슈발트가 말했다. 하늘에서는 불덩이가 비처럼 쏟아지고 있었다. 함성이 근처에서 들려왔다.

-아무래도 왕국 연합이 지고 있는 모양입니다.

성준은 다시 한번 주변을 살폈다. 부러진 군기 뒤로 조금씩 밀리고 있는 왕국 연합군의 모습이 보였다.

제국군은 그들을 향해 공세를 펼치고 있었다.

"아무래도 이번 각성 던전의 클리어 조건은 알 것 같아."

성준이 말했다. 어쩌면 로우켈의 귀환을 제국과 종족 연합, 그리고 왕국 연합에 알리는 첫걸음일지도 모른다는 생각이 들었다.

"돌격!"

나팔 소리가 들리더니 수십의 기마대가 왕국 연합군의 불안정한 진형을 완전히 박살 내기 위해 돌진했다. 성준은 말없이 그들의 앞을 막아섰다.

"조장님!"

"상관없다! 밀어버려!"

기마대원들은 성준을 향해 랜스를 겨눴다. 거리가 어느 정도 좁혀진 순간이었다. 기마대원들은 성준이 몸이 랜스에 꿰뚫릴 것을 예상했지만.

"질풍검."

성준은 침착하게 질풍검을 사용했다. 검을 앞으로 내찌르며 시동어를 내뱉자 검풍이 일어나 기마대를 덮쳤다.

"크아아악!"

"으아아악!"

기마대가 무너졌다. 선두에는 기사들도 있었지만 70개의 검풍을 버텨내지 못했다. 그들은 힘없이 무너졌다.

"와아아!"

"콜드 윈드 여단 기마대가 무너졌다!"

왕국 연합군 측에서 함성이 터져 나왔다. 공교롭게도 성준이 격파한 기마대는 제국군에서도 정예로 유명한 콜드 윈드 여단 소속이었다. 성준도 그들을 쓰러뜨린 뒤에서야 군기를 확인할 수 있었다.

-왕국 연합군의 사기가 오르고 있군요.

"콜드 윈드 여단은 제국에서도 유명하니까."

성준은 리슈발트의 말에 대답하며 부러진 깃발을 들어 올렸다. 왕국 연합군의 군기였다.

"반격한다!"

마법의 힘을 빌리지는 않았지만, 깃발을 휘두르며 마력을 담아 외친 묵직한 한 마디가 도망치던 왕국 연합군 병력의 가슴 속 깊은 곳에 잠들어 있는 뭔가를 깨웠다.

"전군 반전! 이대로 물러설 수는 없다!"

중갑을 입은 기사가 검을 들어 올리며 외쳤다. 초록색 망토를 두른 것을 보니 엘리트 나이트 소속의 고위 기사가 분명했다. 그의 외침 아래에 왕국 연합군이 재집결하기 시작했다.

"힐링 스프레이."

성준은 전투에 필요한 양을 제외하고 최대한 많은 양의 마력을 끌어 올리며 '힐링 스프레이'를 전장의 광범위한 지역에 흩뿌렸다.

제국군에는 영향이 가지 않도록 왕국 연합군 진형 후방에 집중했다.

전투 초기에 마법 폭격을 맞고 쓰러졌던 이들이 멀쩡한 모습으로 일어났다.

후방 병력의 충원과 함께 기세를 회복한 왕국 연합군은 반격을 시작했다. 양 진형이 충돌하고 치열한 전투가 벌어졌다.

-깃발은 계속 들고 있는 게 좋을 것 같습니다."

리슈발트가 말했다. 지금은 성준이 왕국 연합군의 깃발을 들고 있기 때문에 그들의 검이 향하지 않았다. 그는 제국군 전투사제복을 입고 있었기 때문에 깃발이 없으면 제국군으로 오해받을 수도 있었다.

　-전체적으로 제국군이 유리합니다. 지휘부를 먼저 찾는 게 좋을 것 같습니다.

　기세를 회복했다고는 하지만 이 전장에 집결한 왕국 연합의 군대는 제국군에 비해 수가 적었다. 그렇다고 해서 정예도 아니었다.

　부대가 움직이는 모습을 보면 알 수 있었다. 경험이 풍부한 성준의 눈에는 보였다.

　이런 상황에서는 리슈발트의 말대로 지휘부를 타격해서 전황을 뒤집을 필요가 있었다.

　"지휘부 전령입니다! 귀공의 협력에 감사합니다!"

　전령기를 안장에 꽂은 기마대원이 달려와 지휘부의 말을 전했다. 성준은 대답 대신 고개를 끄덕이며 전장을 살폈다.

　지휘부의 모습을 찾을 수 있었다. 하지만 여러 개의 부대가 방진을 구축하고 있어서 단신 돌파는 많은 마력을 소모할 것 같았다.

　"전령!"

　전령이 떠나기 전에 성준이 그를 불렀다.

　"말씀하십시오!"

　"제국군 좌익과 우익을 교란해 주면 내가 제국군 지휘부를 전멸시킬 수 있다고 전해라."

"즉시 전달하겠습니다!"

전령은 성준의 말을 지휘부에 전달하기 위해 말머리를 돌렸다. 갑자기 나타난 성준의 신뢰 여부는 지휘관들이 판단할 문제였다.

성준은 왕국 연합의 깃발을 들고 남은 한 손으로는 검을 휘둘러 적들을 베었다. 그러는 동안 전령은 지휘부에 도착해 성준의 말을 전했다.

"어떻게 하는 게 좋겠소?"

"후방의 부상병들을 치유하고 앞장서서 제국군을 공격하는 모습을 보아하니 적은 아닌 것 같습니다.

어쩌면 전장을 둘러싼 이 정체불명의 결계도 그가 제국군을 포위하기 위해 펼쳤을 겁니다."

"저 '사제'의 전투력은 알 수 없으나 전력을 다해 좌익과 우익을 교란하면 제국군 지휘부로 가는 길이 열리는 것도 사실입니다. 제안을 받아들이는 게 좋을 것 같습니다. 어차피 이대로 가다가는 패주합니다."

참모들의 논의가 끝났다. 부대의 최고 지휘관은 고심 끝에 성준을 믿기로 결정을 내렸다.

-왕국 연합군이 움직이기 시작합니다. 제국군의 좌익과 우익을 공격할 모양입니다.

리슈발트가 말했다. 전령이 전달하지는 않았지만, 왕국 연합군의 움직임만 봐도 알 수 있었다. 제국군 역시 대응하기 위해 진형을 변형했다.

좌익과 우익에 병력이 집결하면서 중앙이 열렸지만, 왕국 연합군 역시도 남은 병력이 거의 없었기 때문에 제국군 지휘부 타격은 무리였다.

제국군도 그 사실을 알고 있었다. 하지만…….

'내가 있어.'

성준의 두 눈이 반짝였다. 그는 검을 들어 올리며 입을 열었다.

"블링크."

잔상조차 남기지 않는 단거리 차원 도약 마법은 성준을 창병 방진 너머로 인도했다.

"적이다!"

"어디로 침투한 거지?"

"상관없어! 처리해!"

방진을 넘어서 모습을 드러낸 성준을 뒤늦게 발견한 기사들이 검을 겨눴다. 성준은 빠르게 그들을 훑었다. 기사 여단 소속은 한 명도 없었다.

'지휘부 쪽에 실력자가 있는 건가……?'

지휘부 쪽에서 강한 마력 반응이 느껴졌다. 실력자의 존재는 확실했다. 리슈발트를 정찰 보낼까 생각했지만, 그것도 잠시뿐, 곧 고개를 저었다. 그는 왕국 연합의 군대가 물러나지 않는지 집중해서 지켜볼 필요가 있었다.

"하앗!"

성준은 기합과 함께 검을 빠르게 휘둘렀다. 자세를 취한 뒤, 그에게 달려들던 여섯 명의 기사가 절묘한 검술 앞에 무력하게 당했다.

"기사단 집결! 놈을 저지하…… 커헉!"

"회수."

기사들에게 지시를 내리던 지휘관의 목에 성준이 던진 단검이 꽂혔다. 그는 힘없이 쓰러졌다. 성준은 시동어를 내뱉는 것으로 단검을 회수하며 지휘부를 향해 다시 한번 '블링크'를 사용했다.

또다시 거리가 좁혀졌다. 이제 지휘부가 코앞이었다. 직속의 호위대가 나섰다. 성준을 향해 10여 개의 검풍이 쏟아졌다.

'질풍검!'

환영검과는 달리 질풍검은 로우켈의 독자적인 기술이 아니었다. 하지만 그는 질풍검에 대해 누구보다 잘 알고 있었고 10여 개의 검풍 정도는 어렵지 않게 방어했다.

"질풍검을 막는 걸 보니까 여기까지 침투한 게 단순한 '운'은 아니군요."

냉정한 표정의 기사가 차가운 목소리로 말하며 모습을 드러냈다. 희미했던 기척이 선명해진 것으로 보아 조금 전까지 은신을 사용한 모양이다.

"단테 경이다!"

"기사 여단 서열 278위!"

허무하게 죽어가는 기사들의 모습에 바닥을 쳤던 사기가 단테의 등장으로 다시 회복되었다.

단테는 평범한 장검과는 다른 형태의 검을 들고 있었다. 휘어져 있는 검신의 '시미터'였다. 검에는 물론이고 갑옷에도 오러가 깃들어 있었다.

"합세하겠습니다!"

여단 소속은 아니지만, 꽤 실력 있어 보이는 기사 셋이 달려왔지만 단테는 왼손을 들어 올려서 그들을 멈춰 세웠다.

"방해됩니다."

강자들의 싸움에서는 한 번의 검격이 승부를 결정지을 때가 많았다. 어설픈 합격은 독이 될 수도 있다.

"무운을 빌겠습니다!"

기사들도 납득한 표정으로 몇 걸음 물러났다.

"어서 오시길. 기사 여단의 이름으로 당신을 처단하겠습니다."

단테가 말했다. 그 모습을 보며 리슈발트는 말없이 고개를 저었다. 대답할 가치도 없었기 때문에 성준은 입을 열지 않았다. 대신 그저 검을 들어 올려 방어 자세를 취할 뿐이었다.

"대답할 필요 없다는 겁니까? 알겠습니다. 그럼⋯⋯."

단테는 말끝을 흐렸다. 동시에 그의 몸이 성준을 향해 총탄처럼 쏘아졌다.

"역시 단테 경!"

"빨라!"

기사 중에서도 실력 있는 이들조차도 그저 단테의 잔상만을 볼 수 있을 뿐이었다. 잔상조차 찾기 힘들 정도의 빠른 고속 이동술에 모두가 단테의 승리를 확신했다.

하지만 다음 순간.

"큭!"

단테가 고통스러운 신음을 흘렸다. 그는 왼팔을 잃은 채 급히 물러나고 있었다.

실력 있는 기사들조차 무슨 일이 벌어졌는지 알 수 없을 정도로 순식간에 벌어진 일이었다. 단테는 S급 헌터 정도의 실력자였기 때문에 성준의 상대가 되지 못한 것이다.

"도, 도대체 어디서 이런 괴물이⋯⋯!"

경악하는 단테의 목을 향해 성준이 검을 휘둘렀다.

단테는 다가오는 검의 존재를 눈치챘지만, 그뿐이었다. 방어하기에는 속도가 너무 빨랐다.

"끄르르륵!"

급히 몸을 뒤로 빼려고 시도했지만, 성준이 휘두른 검이 먼저 그의 목을 깊이 베었다.

머리가 달아날 정도는 아니었지만 치명상이었다. 피가 역류하면서 입 밖으로 가래 끓는 듯한 소리가 터져 나왔다.

"힐!"

마침 근처에 있던 사제가 '치유'를 시도했다. 하지만 치명상을 회복시킬 정도로 높은 수준의 힐이 아니었다. 출혈이 조금 멎었을 뿐, 상처는 거의 그대로였다. 이윽고 단테는 힘없이 쓰러졌다.

"이럴 수가!"

"서열 278위의 단테 경이 이렇게 쉽게?"

제국군이 경악하는 동안 성준은 단테의 시체에서 기사 여단의 반지와 목걸이를 루팅 했다. 지금은 전투 중이었기 때문에 합성은 나중으로 미루고 다시 검을 들어 올렸다.

"제국군은 후퇴하지 않는다!"

"황제 폐하 만세!"

기사 여단의 서열 278위인 단테가 쓰러지는 것을 두 눈으로 보았음에도 불구하고 제국군은 두려움을 씻고 성준을 향해 달려들었다. 그들에게 있어서 도주는 허용되지 않는 거대한 죄악이었다.

-A급 이상의 실력자는 4명 정도입니다.

리슈발트가 차분하게 설명했다. 달려드는 이들은 전원 기사였고 수는 20명이 넘었다. 그중에서 A급의 실력자가 4명이라면 기사단의 수준이 높은 편이라는 것을 의미했다.

지휘부 근처라서 실력 있는 기사들을 배치한 모양이겠지만.

'소용없는 짓이야.'

성준은 자신감 넘치는 표정으로 마력을 끌어 올렸다.

"폭풍검."

시동어를 내뱉으며 검을 휘두르자 성준을 중심으로 사방에 200여 개의 검풍이 휘몰아쳤다. 그를 노리고 달려든 20명 이상의 기사들을 도륙하기에는 충분한 숫자의 검풍이었다.

"크아아악!"

"커헉!"

검풍은 갑옷조차 찢어버린다. 오러 아머를 사용한 2명을 제외한 기사들 전원이 쓰러졌다. 피를 머금은 검풍이 조용히 사그라들었을 때 주변은 시체로 가득했다.

"제, 제기랄!"

"증원이 필요할 것 같소."

A급 정도의 실력이 있는 기사 2명이 오러 아머를 펼친 덕에 살아남았지만, 주위에는 아무도 없었다.

그들마저 당하면 지휘부를 지키는 호위대는 몰살당하는 것이었다. 좌익과 우익이 집중 공격당하고 있었기 때문에 증원을 기대하는 것도 무리였다.

성준은 오러 아머를 켜고 있는 기사 둘과의 거리를 천천히 좁히며 그들의 어깨너머에 있는 지휘부를 보았다. 어떤 상황에서도 후퇴하지 않는다는 이념 때문인지 그들은 여전히 자리를 지키고 있었다.

"큭!"

기사 한 명이 먼저 성준을 공격하려는 순간이었다. 성준이 더 빨리 움직이며 검을 휘둘렀고 오러와 오러가 충돌했다.

하나는 검을 이루는 오러 블레이드였고 다른 한쪽은 갑옷을 이루는 오러 아머였다.

"크아아아악!"

성준의 오러가 더 강력했다. 오러 아머는 허무하게 찢어졌고 성준의 검은 기사의 복부에 깊이 꽂혔다.

"기회다!"

옆에 있던 다른 기사가 성준이 검을 뽑기 전에 공격을 가하려고 했지만…… 성준은 단검을 뽑아서 방어했다.

오러와 오러의 충돌로 마력 파편이 튀었다. 2번의 공방을 주고받은 끝에 성준은 기사의 빈틈을 노릴 수 있었다.

"크악!"

기사의 발등에 단검이 꽂혔다. 성준이 빈틈을 노리고 단검을 던진 것이었다. 고통이 찾아오면서 빈틈이 크게 벌어졌다.

성준은 다른 기사의 몸에 꽂혀 있는 검을 뽑아 휘둘렀다.

발등에 단검이 꽂힌 기사의 흉부가 깊게 베였다. 그는 붉은 피를 쏟으며 쓰러졌다.

"흡수."

성준은 흡수를 통해 체력과 마력을 회복했다.

-동조율이 57%가 되었습니다.

리슈발트의 보고에 성준은 고개를 끄덕인 뒤, 지휘부를 향해 고속 이동술을 펼쳤다. 호위대마저 전멸한 지휘부에는 정말 소수의 기사와 지휘관들이 남아 있었다.

"제국군은 도망치지 않는다!"

장군복을 입은 남자가 큰소리로 외쳤다. 도망치지 않는다는 것은 제대로 된 제국군들이라면 당연히 지켜야 할 이념이었다.

그게 지켜질 수 있었던 이유는 제국은 절대 밀리는 전투를 하지 않았기 때문이었다.

혹, 밀린다고 해도 언제나 다른 부대가 근처에 있는 상황에서만 싸우기에 압도적인 전력의 증원이 도착하곤 했지만, 지금은 결계 때문에 근처의 부대가 지원 올 수 없는 상황이었다.

"황제 폐하를 위하여!"

그들이 검을 뽑은 다음 순간, 성준이 움직였다. 그리고 그의 발이 땅에 다시 닿은 순간에 지휘부에 모여 있던 14명의 머리가 바닥에 떨어져 나뒹굴었다.

장군을 제외한 모든 지휘관이 죽었다. 장군도 성준이 일부러 죽이지 않은 것이었다.

"이름과 소속은?"

"말할 수 없다."

장군은 대답하지 않았다. 성준은 흉장과 망토, 그리고 군복을 한 차례 확인한 뒤, 다시 입을 열었다.

"콜드 윈드 여단의 장군복인 것 같은데…… 국경의 중앙 전선이냐?"

콜드 윈드 여단의 주력 부대는 중앙 전선에 배치되어 있는 것으로 유명했다. 성준은 기사 여단의 수장이었기 때문에 특히 잘 알고 있었다.

"국경이라고? 어리석은 소리를 하는군…… 중앙 전선은 이미 전진했다. 여긴 왕국 연합의 영토다!"

평원이라서 어딘지 알 수 없었지만, 제국군의 장군은 친절하게 상황을 설명해 주었다. 그도 홧김에 입을 열었지만 뒤늦게 자신의 잘못을 깨닫고 아차 싶은 것인지 입을 닫았다. 이제 더 이상 정보를 줄 것 같지 않았다.

-중앙 전선이 전진했다면 보통 일이 아닙니다. 서부와 동부 쪽도 안심할 수는 없겠군요.

리슈발트가 말했다. 중앙 전선에서 직선으로 전진하면 수도가 나온다. 그래서 왕국 연합은 물론이고 제국에서도 가장 많은 부대가 배치된 곳이 중앙 전선이었다.

"흡수."

성준은 우선 장군의 목을 자르고 시동어를 내뱉었다. 하지만 회복되는 체력과 마력은 많지 않았다.

-동조율 변화 없습니다.

리슈발트도 동조율에 변함이 없다는 것을 보고했다. 예상하던 결과였기 때문에 성준의 표정에는 변화가 없었다.

"아직 전투는 끝나지 않았어."

성준이 말했다. 제국군은 여전히 후퇴하지 않고 전선을 지키고 있었다.

그나마 다행인 점은 지휘부 전멸로 인해 지휘 체계가 무너지면서 각 부대가 전투력의 상당량을 상실했다는 것이었다.

최고 지휘계통의 손실은 각 부대가 따로 행동하는 결과를 가져왔다. 덕분에 왕국 연합군은 유리하게 상황을 이끌어 가고 있었다.

-이제 어떻게 하실 생각이십니까?

"제국군이 전멸할 때까지 왕국 연합을 도와줄 생각이야."

성준이 대답했다. 그는 아직 왕국 연합의 깃발을 들고 있었다. 그는 깃발을 힘차게 흔들며 제국군에 대한 공격을 재개했다.

지휘부의 전멸 탓에 부대 지휘관들은 서로에 대한 연계를 제대로 이어가지 못한 채 성준에게 각개격파당했다. 제국군의 부대를 대표하는 깃발이 꺾을 때마다 성준은 보란 듯이 왕국 연합의 깃발을 흔들었다.

"와아아아!"

왕국 연합에서는 함성이 터져 나왔고 제국군의 사기는 바닥을 쳤다. 하지만 그럼에도 후퇴하지 않는 게 인상적이기는 했다. 물론 결계 때문에 도망칠 곳도 없지만.

콜드 윈드 여단의 보병대 4백이 끝까지 저항했다. 하지만 왕국 연합의 포위 공격에 결국 몰살당했다.

-각성 던전 클리어 조건이 충족되었습니다. 돌아가시겠습니까?

"바로 돌아가야 해?"

-그건 아니지만 오래 유지하지는 못할 것 같습니다.

리슈발트의 대답에 성준은 만족스러운 표정으로 고개를 끄덕였다. 가능하다면 왕국 연합군의 지휘관을 만나서 대화를 나누고 싶었다.

아나나 다를까 콜드 윈드 여단의 보병대의 시체들로 이루어진 산 위에 앉아 있다 보니 왕국 연합군의 지휘관들이 몰려왔다.

그들의 중앙에는 중앙군 장군복을 입은 잘생긴 중년의 남자가 서 있었다. 전체적으로 온화한 인상을 한 남자의 가슴에는 엘리트 나이트 출신들만 달 수 있는 흉장이 붙어 있었다.

"엘리트 나이트의 고위 기사 출신인가……?"

"바로 맞췄습니다. 지금은 중앙 3군에 소속되어 있지요."

"중앙 3군?"

"네. 중앙 3군의 군단장 직속 장군인 산도르라고 합니다."

산도르는 자세한 사정을 설명하지 않았지만, 그의 짧은 소개만으로도 성준은 왕국 연합의 사정을 대충 알 수 있었다.

원래 중앙 전선은 중앙 1군과 2군이 맡아서 수비하고 있었다. 3군이 나선 것만 봐도 상황이 좋지 않다는 것을 의미했다.

-4군까지 나섰을 가능성도 있습니다. 물론 산도르 장군에게 물어봐도 대답해 주지는 않을 겁니다.

리슈발트가 말했다. 전투를 승리로 이끌어주는 것으로 다소의 신뢰를 얻어냈지만, 왕국 연합 내부 사정을 알려주지는 않을 것이라고 그는 생각했다.

성준도 어느 정도 동의하고 있었지만 그래도 전쟁이 어떻게 진행되고 있는지는 말해줄 것 같았다.

"귀공의 활약 덕분에 저희 왕국 연합이 승리할 수 있었습니다."

산도르는 정중하게 말했다.

"실례가 되지 않는다면 성함을 여쭤봐도 되겠습니까?"

과하다 싶을 정도로 정중한 태도는 이해할 만했다. 왕국 연합군의 좌우익 교란 공세가 있었다고는 하지만 호위대가 딸린 제국군 지휘부를 단신으로 타격해서 전멸시켰으니까.

다른 지휘관들도 산도르가 성준의 무력을 높이 평가하는 것에 이의를 제기하지 않았다.

"이름은 알려 드릴 수 없습니다."

성준은 정중하게 거절했다. 산도르는 아쉬운 표정으로 한 걸음 물러나며 입을 열었다.

"그렇습니까……?"

"'로우켈'이라고만 알고 계시면 될 것 같습니다."

"로, 로우켈?"

성준의 대답에 산도르는 물론이고 다른 지휘관들도 놀랐 다. 로우켈의 숨이 끊어진 지 꽤 오랜 시간이 흘렀지만, 아직 그 이름은 입에 함부로 담을 수 있는 게 아니었다.

"그 말 진심입니까?"

산도르가 진지한 표정으로 물었다.

성준은 전생에 종족 연합과는 악연이 깊었지만, 왕국 연합과 는 큰 트러블이 없었다. 산도르도 로우켈이 왕국 연합에게 크게 해를 가하지 않았다는 사실을 알고 있었기에 검을 뽑지 않았다.

제국군이나 종족 연합이었다면 당장 검을 뽑았을 것이다.

"적어도 제가 '로우켈'의 의지를 이어받았다는 것은 분명합 니다."

의지를 이어받았다는 것은 검술을 전수받았다는 것을 의미 하기도 했다. 산도르는 고개를 끄덕이며 입을 열었다.

"그렇다면 제국과 종족 연합에는 안 될 일이겠군요."

"제국과 종족 연합을 치기 위해서 몇 가지 물어볼 게 있습니다. 가능하겠습니까?"

성준이 서둘러 질문했다. 리슈발트가 힘들어 보였기 때문이었다.

"물론입니다. 제가 대답할 수 있는 것이라면……."

종족 연합의 대회의장에 4명의 종족 대표가 모였다. 그들은 뱀파이어와 트롤, 그리고 오크와 오우거였다.

놀라운 점은 모두 예복을 갖춰 입었다는 것이었다. 귀족을 자처하는 뱀파이어는 익숙한 모습이었지만 야만적인 이미지의 오크와 트롤, 그리고 오우거가 예복을 입은 모습은 낯설었다.

"이 옷은 익숙해지지 않는군."

오크 대표, 헬로드는 예전부터 예복이 거추장스럽다고 생각했었다. 불편한 것인지 인상을 찌푸리며 옷을 만지작거렸다.

"그래도 대회의장의 규칙이니 어쩔 수 없습니다."

트롤 대표 쿠라에가 말했다. 옆을 지키고 있던 오우거 대표 베그도 고개를 끄덕이며 동조했다. 창가 쪽에서 밖을 보고 있는 뱀파이어 대표 리블하인은 침묵을 지켰다.

창가 쪽의 햇빛은 강렬했지만, 그는 태양의 영향을 받지 않는 뱀파이어 귀족 중에서도 대공이라는 지위를 가진 강력한 존재였기에 일광욕을 쬐는 듯한 나른한 기분이 들 뿐이었다.

"대규모 군대가 건너갈 수 있는 차원 관문을 열기에 충분한 마력이 모였다는 보고가 들어왔습니다. 이제 이계 원정군을 편성할 일만 남았습니다."

"이계 원정군 선봉대는 제국에서 먼저 편성하기로 하지 않았나?"

헬로드가 지적했다. 이계 원정군 선봉대 편성 문제는 제국과 종족 연합 간에 합의가 되어 있는 내용이었다.

"내부 사정도 있고 무엇보다 왕국 연합을 완전히 정리하고 가세한다고 합니다. 잘된 일입니다. 우리 종족 연합이 원정 초기 전리품을 독점할 수 있게 되었으니까요."

리블하인이 말했다. 그러자 베그가 입을 열었다.

"이계의 군대는 대부분 마력을 다루지 못한다고 하던데 사실인가?"

"그렇습니다. 베그 대표. 이미 우리가 보낸 '던전'들이 확인 작업을 끝냈습니다."

리블하인의 대답에 대표들은 저마다 사악한 미소를 흘리며 기뻐했다.

"그렇다면 '마력 피부'를 가지고 있는 우리가 절대적으로 유리하겠군."

헬로드가 말했다. 일종의 보호막이라고 할 수 있는 '마력 피부의 존재는 마물들에게 현대 무기가 통하지 않는 이유였다.

"오늘 이 자리에 참석하지 못한 다른 종족의 대표들도 연합에서 이게 원정군 선봉대를 편성한다는 사실에 찬성하셨습니다. 여러분들만 찬성해 주시면 만장일치로 선봉대가 편성됩니다."

"안 될 것 있나? 찬성하겠네."

"저도 찬성합니다."

"오우거 부족도 선봉에 설 것이다."

모두 찬성했다. 먼저 말을 꺼낸 리블하인도 당연히 찬성이었다.

"그럼 이것으로 의견이 하나로 모아졌으니 선봉대를 편성하는 것만 남았습니다."

"선봉대 편성은 나에게 맡겨주겠나? 약탈이라면 자신 있다."

헬로드였다. 리블하인의 시선이 향하자 그는 들뜬 표정으로 입을 열었다.

"래쉬 족장의 붉은 도끼 부족을 보낼 생각이다."

"붉은 도끼 부족이라면 선봉으로 충분하겠군요. 맡기겠습니다."

"목표는?"

헬로드가 물었다.

"많은 국가가 있지만, 제국군에서 특히 어떤 국가 하나를 지정했습니다. 이미 좌표가 지정되었으니 차원 관문 앞에 병력을 집결시키기만 하면 됩니다."

며칠 뒤, 거대한 차원 관문 앞에 붉은 도끼 부족이 집결했다. 거대한 전쟁의 신호탄이 쏘아진 것이나 다름없었다.

각성 던전을 나오면서 보상으로 동조율이 상승하여 58%가 되었다. 성준은 산도르에게서 대륙 전쟁의 진행에 대해 들을 수 있었다.

-전황이 이 정도로 나빠졌을 줄은 몰랐습니다.

리슈발트가 말했다. 성준은 던전 출구를 향해 발걸음을 옮기고 있었다. 그는 고개를 들어 올렸다. 드론의 조명에 그의 얼굴이 드러났다. 차분한 표정이었다. 그것을 본 리슈발트는 심각한 표정으로 입을 열었다.

-주군! 상황이 좋지 않습니다. 이대로라면 왕국 연합이 무너지는 것은 시간문제입니다.

왕국 연합은 총동원령까지 내렸지만, 제국과 종족 연합의 공세를 버티는 것은 무리였던 모양이다.

산도르의 말에 의하면 두 국가에 비해 상대적으로 국력이 약했던 왕국 연합은 전쟁이 길어지면서 점차 밀리기 시작했고 결국엔 중앙 전선이 후퇴하는 결과가 발생했다고 한다.

가장 중요하게 여겼던 전선이 후퇴했을 정도이니 서부와 동부의 전선 후퇴도 시간문제였다.

"지금 조급해한다고 해서 달라지는 건 없어."

성준은 냉정하게 판단했다. 앞으로의 행동에 박차를 가하겠지만 조급함을 부하에게 드러낼 필요는 없다고 생각했다.

성준은 전생에 언제나 그렇게 행동했었다. 그래서 많은 이들이 그를 믿고 따랐었다.

-그래도 제로스 경에게 이 사실을 알리는 게 좋을 것 같습니다.

"그럴 생각이야."

성준은 고개를 끄덕이며 대답했다. 조급해하는 것과 서두르는 것은 달랐다.

중앙 전선이 밀리기 시작했으니 왕국 연합이 무너지는 게 시간 문제라는 리슈발트의 의견도 일리가 있었다. 제로스도 이 사실을 인지한 상태에서 작업을 진행해야만 했다.

대화를 나누며 걷다 보니 어느새 던전 출구가 보였다. 성준은 차를 타고 던전 관리국에 이동하여 마정석을 매각했다. 각성 던전을 열기 위해 클리어한 던전에서 루팅한 마정석들이었다.

"헌터님의 계좌로 입금을 끝냈습니다!"

소은의 밝은 목소리를 들으며 던전 관리국을 나온 성준은 저택으로 이동했다.

"형님! 오셨습니까?"

정원에서 장훈이 거대한 대검을 휘두르며 운동을 하고 있었다. 좋은 현상이었다. 헌터는 신체의 한계를 초월한 인간이기 때문에 수련을 할수록 더 강해진다.

그는 대검을 잠시 놓고는 성준에게 달려왔다.

"다들 어디 있어?"

"박정철 씨랑 외출하셨습니다. 제로스 씨는 지하실에서 다른 용무를 보고 있습니다."

성준의 물음에 장훈이 설명했다.

"그래, 수고가 많다."

"형님! 식사는 하셨습니까?"

"늦게 먹을 거야. 먼저 먹어."

성준은 대답과 함께 제로스가 있는 지하실로 발걸음을 옮겼다. 왕국 연합 문제 때문에 식사할 생각이 없었다.

"이건 좀 복잡하군!"

계단을 통해 지하실로 내려가자 공방이 모습을 드러냈다. 제로스는 구석에서 피곤한 목소리로 혼잣말을 중얼거리며 마법 술식을 점검하고 있었다.

그는 곧 성준의 기척을 느끼고 고개를 돌렸다.

"강성준 경? 표정이 좋지 않아 보이십니다. 이계에서 무슨 일 있으셨던 겁니까?"

"앉아서 얘기해야 할 것 같아."

"앉으시지요."

성준은 제로스의 앞에 앉았다. 어디부터 설명해야 좋을까? 그는 약 3분 동안 생각을 정리했다. 제로스는 침착하게 기다렸다. 그리고 마침내 성준이 입을 열었다.

"이번에 각성 던전이 열린 곳은 '전장'이었어."

"전장의 한가운데에 차원 관문이 열렸다는 겁니까?"

"그래. 왕국 연합과 제국 간의 전투가 벌어진 곳이었어."

성준이 말했다. 밀리고 있던 왕국 연합군을 도와 제국군 지휘부를 격파하고 중앙 3군의 장군인 산도르를 만나 전쟁이 어떻게 진행되었는지 들은 것까지 설명했다.

"중앙 전선이 후퇴하고 3군까지 나섰다면 왕국 연합의 상황도 좋지 않은 거라고 볼 수 있습니다."

제로스도 리슈발트와 같은 의견이었다. 성준이 고개를 끄덕이자 제로스는 옆에 놓인 물병을 입으로 가져갔다.

"차원 관문 소환기 개발에 조금 더 속도를 높이겠습니다."

제로스는 성준이 굳이 공방까지 내려온 이유를 금세 파악했다.

"이론은 완벽합니다. 이제 만들기만 하면 됩니다."

자세히 설명하지는 않았지만, 공략이 끝난 던전을 이용할 수 있는 술식을 찾아냈다. 이론이 완성되었으니 제작에 시간이 오래 걸리지 않을 것이라고 제로스는 생각했다.

"필요한 아이템 있으면 돈 걱정은 하지 말고 바로 말해."

"역시 강성준 경입니다."

제로스는 작게 감탄했다.

"그럼 수고."

"최대한 빨리 만들겠습니다."

성준은 제로스의 공방을 나와 서재로 이동했다. 그리고 단테를 죽이고 루팅한 목걸이와 반지를 꺼냈다. 전장이라서 혼란스러운 와중에도 그는 루팅을 잊지 않았다.

-서열 278위가 맞습니다.

목걸이와 반지에는 '278'의 숫자가 각인되어 있었다.

-합성하겠습니다.

성준이 고개 끄덕이며 끼고 있던 반지와 목걸이를 올려놓자 리슈발트는 마력을 끌어 올려 성준의 것을 단테의 것과 합성시켰다.

-새로운 아이템의 존재를 확인.

계측기가 반응했다. 성준은 감정 기능을 사용했다.

[기사 여단의 반지+9.]

B+급.

오러 지속 효과 확인.

[기사 여단의 목걸이+4.]

A급.

마력 회복 효과 확인.

반지와 목걸이에 합성 횟수가 추가되었지만, 등급의 변화는 없었다. 성준은 합성을 끝낸 반지와 목걸이를 다시 착용했다. 오러 지속 효과는 지금 당장 확인할 수 없었지만, 마력 회복은 미약하게 빨라진 듯한 기분이 들었다.

"오늘은 쉬어야겠다."

성준은 2층 테라스로 발걸음을 옮겼다. 많은 마력을 소모한 것은 아니었지만 마땅히 할 게 없었다. 일주일 동안 쉬지 않고 던전을 공략하고 각성 던전까지 클리어했으니 조금 쉬어도 될 거라고 생각되었다.

-휴식입니까?

"그래."

상황은 좋지 않았지만 너무 무리하면 역효과가 날 수도 있다고 생각했다. 테라스에 도착한 그는 편한 의자에 앉아 하늘을 올려다보았다. 겨울이라 그런지 어둠이 빨리 찾아왔다.

밤하늘을 올려다보며 쉬고 있을 때 벨 소리가 울렸고 성준은 화면을 확인도 하지 않은 채 스마트폰을 귓가로 가져갔다.

-강성준 씨? 잠깐 통화 가능하세요?"

설아의 목소리였다.

"네."

-길드 등록 때문에 상의드릴 게 있는데 잠깐 시간 괜찮으신

가요?

"물론입니다."

성준은 흔쾌히 대답했다.

설아의 전화가 오지 않았다면 아무 생각 없이 밤하늘만 올

려다보고 있었을 것이다. 그리고 길드 등록은 중요한 문제이

기도 했다.

-장소는 어떻게 할까요?

"이쪽으로 오시죠."

-그래도 될까요?

"네. 기다리고 있겠습니다."

1시간 정도 기다리자 대문이 열리고 설아가 탄 것으로 보이

는 차량이 들어왔다. 성준은 테라스에서 그 모습을 지켜보다

가 1층으로 내려갔다.

"오랜만에 뵙네요. 그동안 많이 바쁘셨나 봐요?"

설아의 물음에 성준은 고개를 끄덕였다. 던전 공략 중에는

마력의 영향으로 스마트폰을 포함한 통신 및 녹화 장비가 먹

통이 되니 연락을 받을 수 없으니 어쩔 수 없었다.

"길드 등록 문제라고 들었습니다. 일단 안으로 들어가시죠."

성준은 그녀를 응접실로 안내했다. 고용된 관리인이 커피를 2잔 준비해서 내어놓았다. 설아는 입가에 미소를 그린 채 입을 열었다.

"오늘 오후에 헌터 관리국에서 연락이 왔어요."

"헌터 관리국에서요?"

"네. 등록 담당자가 저로 되어 있어서 그런 것 같아요."

"뭐라고 하던가요?"

"크리스마스 전까지는 등록이 끝날 것 같다고 하네요."

"크리스마스라……."

성준은 두 눈을 가늘게 뜨고 말끝을 흐렸다. 그러고 보니 크리스마스가 다가오고 있었다.

그는 길드를 지탱하게 될 팀원들을 위해 작은 선물이라도 준비해야겠다고 생각했다.

"그래서 말인데…… 크리스마스 같이……."

설아의 말이 끝나기도 전이었다. 성준은 강력한 마력 반응을 느끼고 테라스로 뛰어나갔다.

-하늘에서 마력 반응입니다!

"변형!"

성준은 즉시 반지의 모습을 하고 있는 '로엘'을 검으로 변형시키며 고개를 들어 올렸다. 그리고 경악했다.

"맙소사……."

하늘에 거대한 차원 관문이 열려 있었다. 그것은 거대한 레이드의 시작을 알리는 신호탄이었다.

6장
레이드 지옥

하늘에 열린 거대한 차원 관문에서 대형 비공정 편대가 쏟아져 나왔다. 투박한 모습이었지만 그것은 분명히 하늘을 날고 있었다.

차원 관문이 열린 곳은 하늘뿐만이 아니었는지 사방에서 마력 반응이 느껴졌다.

"세상에……."

뒤따라 나온 설아도 하늘의 비공정 편대를 발견하고는 깜짝 놀랐다. 이윽고 성준의 스마트폰이 벨 소리를 토해냈다. 성준은 스마트폰을 서둘러 귓가로 가져갔다.

-강성준 헌터님의 거주지 주변에서 SS급 레이드 상황이 발생했습니다! 곧 좌표가 전송될 겁니다! 즉각 무장을 갖추고 웨

이브를 막아주세요!

스마트폰을 통해 다급한 목소리가 전해졌다.

"범위는 어떻게 됩니까?"

하늘과 지상에서 느껴지는 마력 반응만 봐도 범위가 넓다는 것을 예상할 수 있었지만 확실한 정보를 파악하기 위해서 질문했다.

-서울시 전역입니다.

"알겠습니다."

성준이 대답하기 무섭게 연결이 끊어졌다.

"윤설아 씨. 여기 계세요. 안전할 겁니다."

저택은 안전했다. 헌터 출신 경호원들도 여럿 있었고 무엇보다 A급의 실력자가 4명이나 있었다.

성준은 설아의 대답을 듣지도 않고 테라스 난간 너머로 뛰어내렸다. SS급 헌터에게 테라스의 높이는 문제 되지 않았다.

"형님!"

정원에 있던 장훈이 성준에게 달려왔다.

"지금부터 내 말 잘 들어. 너는 다른 팀원들과 함께 저택을 지켜라. 좌표 집결은 무시해. 관리국에는 내가 말할 거니까 걱정하지 말고."

"알겠습니다."

레이드 좌표 집결을 무시하라는 성준의 말에도 장훈은 이의를 제기하지 않았다. 성준에 대한 장훈의 신뢰가 어느 정도 인지 알 수 있었다.

성준이 헌터 세단을 타고 저택의 대문을 벗어난 순간 스마트폰에 메시지가 도착했다.

그는 주변에 잠시 정차하고는 스마트폰을 확인했다. 집결 좌표가 적혀 있는 메시지였다.

성준은 다시 운전대를 잡고 차를 몰았다. 멀지 않은 곳이었지만 그렇다고 해서 가까운 곳은 아니었다.

20분 정도 운전을 하니 도착할 수 있었다. 집결지에는 헌터들만 50명 이상 모여 있었다. 느껴지는 마력으로 볼 때 차원 관문의 규모도 크다는 것을 알 수 있었다.

"SS급 헌터 강성준 씨야!"

"정말이다! 우린 살았어!"

헌터 세단에서 내리는 성준을 알아본 헌터들이 환호성을 내질렀다. SS급 레이드 판정을 받았기 때문에 잔뜩 긴장하고 있었다. 그런데 대한민국 최초이자 유일의 SS급 헌터나 나타났으니 사기가 오르는 건 당연했다.

하지만 성준의 생각은 달랐다.

'내 집결지가 여기로 정해진 데에는 이유가 있을 건데……'

집결 좌표가 정해질 때는 차원 관문의 '규모'도 영향을 받는다. 실제로 멀리 떨어져 있지 않은 곳에서 있는 듯한 차원 관문에서 느껴지는 마력을 볼 때 이곳의 웨이브 수준은 지옥에 가까울 확률이 높았다.

'내가 마지막인가……?'

더 이상 합류하는 헌터들은 없었다. 던전 관리국의 직원으로 보이는 남자가 성준을 발견하고는 황급히 달려왔다.

가슴에는 조사관을 뜻하는 흉장을 달고 있었다,

"강성준 헌터님! 던전 관리국 레이드 상황실에서 나왔습니다!"

조사관은 자신을 소개하며 다가왔다. 그는 시계를 확인하더니 다시 입을 열었다.

"5분 안에 차원 관문이 완전히 열릴 겁니다. 관리국에서는 강성준 헌터님에게 이 '격전지'의 '공대장' 직위를 부여했습니다."

레이드 상황에서 한 격전지에 50명 이상의 헌터가 모이면 가장 숙련된 헌터에게 공대장 직위가 부여되고 웨이브 방어에 성공할 경우 추가 정산 10%가 인정된다. 그 이하일 때도 지휘관 역할을 맡는 헌터를 뽑지만, 공식적인 직위가 아니기에 추가 정산은 인정되지 않는다.

레이드 상황에서 공대장의 지시를 따르는 것은 기본이지만 헌터들이 전술 훈련을 받은 것은 아니기 때문에 복잡한 지시를 내릴 생각은 버리는 게 좋았다.

"서울시 전역에 레이드 경보가 발령되었습니다. 이걸 숙지한 상태에서 웨이브 방어에 임해주셔야 합니다."

"알겠습니다."

성준은 고개를 끄덕였다. 조사관은 무전기를 통해 어딘가와 연락을 주고받았다. 던전과 달리 레이드는 야외에서 벌어지는 일이었기 때문에 통신 장비를 사용할 수 있지만, 스마트폰은 마력 간섭 영향을 많이 받기 때문에 사용할 수 없다.

"조 편성은 끝난 거겠죠?"

"네."

공대가 만들어질 경우 조 편성은 메시지를 보낸 직후 레이드 상황실에서 맡아서 끝낸다.

"그리고 조금 전에 관측팀에서 연락이 왔습니다. 차원 관문이 열렸다고 합니다."

"1차 웨이브가 오겠네요."

성준의 말에 조사관은 고개를 끄덕이며 입을 열었다.

"그렇습니다. 행운을 빌겠습니다."

그는 군인들과 함께 안전한 곳으로 물러났다. 성준은 멀리서 상당한 숫자의 마물들이 접근해 오는 것을 감지했다.

"옵니다!"

이윽고 A급 마법계 헌터가 마법으로 마물들의 접근을 감지하고는 경고했다. 헌터들이 일제히 무기를 꺼내 들었다.

"중대장 있습니까?"

성준은 방어선을 구축한 중대의 지휘관을 찾았다. 대위 계급의 중대장이 성준에게 다가왔다.

"찾으셨습니까?"

공대장은 방어선을 유지하고 있는 군인들에게도 쉽게 협조를 구할 수 있는 위치였다.

"지원 포격은 필요 없습니다."

"그래도 괜찮겠습니까?"

"네."

성준은 중대의 화력 지원을 거절했다. 포격으로 인해 일어난 흙먼지가 시야를 가린다는 이유로 군의 화력 지원을 거절하는 공대장들도 있는 편이기 때문에 중대장은 별말 없이 승낙했다.

"웨이브가 몰려옵니다!"

누군가 외쳤다. 수백의 마물 무리가 대로를 따라 달려오고 있었다. 선두는 A급 마물 중에서도 중간 티어에서 상위 티어로 평가받는 아이언 골렘들이었다.

그들은 두꺼운 강철 방패로 몸을 가린 채 방어선의 헌터들을 향해 빠른 속도로 달려왔다. 군인들은 성준의 요청대로 화력 지원을 하지 않았다.

"버프!"

"블레스!"

성준이 외치자 보조계 헌터들이 마력을 끌어 올렸다. 버프를 부여받은 헌터들은 신체 능력이 향상되는 것을 체감할 수 있었다.

'A급 보조계가 있나?'

버프의 영향이 확연하게 느껴질 정도였다. 이런 경우 최소 A급 보조계 헌터의 존재를 짐작할 수 있었다.

A급 보조계 헌터의 가치는 주변 전투원들의 숫자와 실력에 따라 비약적으로 상승한다. 그리고 이곳에 모인 헌터들은 50여 명으로 결코 적은 수가 아니었다.

"마법 공격!"

마법계 헌터들이 공격 마법을 시전 했다. 그들의 수는 많지 않았지만, 마법은 강력했다.

바람의 칼날과 얼음 창이 허공을 뚫고 마물 무리를 노렸다. 아이언 골렘들은 거대한 몸집과는 어울리지 않는 민첩한 동작으로 철방패를 들어 올려 공격 마법을 막아냈다.

"인페르노."

A급 마법계 헌터가 준비하고 있던 고위 마법을 완성했다. 하늘에서 불이 쏟아지고 땅에서는 용암이 솟구쳤다. 선두의 아이언 골렘들은 물론이고 뒤따르던 오크들까지 휩쓸렸다.

"끝났나?"

누군가 말했다.

어리석은 생각이었다. 그것을 증명하기라도 하는 것인지 수

섬의 오크 주술사들이 힘을 합쳐 일으킨 냉기 바람이 불지옥
을 중화시켰다.

'인페르노'로 선두의 아이언 골렘 8기가 모두 쓰러졌지만 방
심하기에는 오크들의 수가 너무 많았다.

-오크 검성이 둘입니다. 그리고 오크 제사장이 하나에 전쟁
군주가 여섯 정도 됩니다.

리슈발트가 보고했다. 대로에 어느 정도 간격을 두고 흩어
져 있는 헌터들을 보며 입을 열었다.

"A급 전투계 계십니까?"

"접니다."

"A급 전투계입니다."

"저도……."

총 3명이 손을 들어 올렸다.

'마법계랑 보조계에 한 명씩 더 있으니까 총 5명인가……?'

사실 마법계와 보조계는 지금 상황에서 크게 의미 없었다.
한 명 있는 A급 마법계 헌터는 S급 마물에 속하는 오크 제사장
의 주술을 견제해야 하는 상황이었고 보조계 헌터는 동급의
마물을 사냥하기 힘들 것이다. 수가 부족해서 A급 전투계 헌터
셋이 오크 전쟁군주 여섯을 상대할 수밖에 없는 상황이었다.

"오크 전쟁군주 여섯을 상대할 수 있겠습니까?"

"다섯 정도는 가능한데…… 여섯은 무리일 것 같습니다."

"여섯은 무리에요."

한 명은 목까지 차오르는 불평을 삼켰고 다른 두 명이 대신 대답했다.

성준은 고개를 돌려 마물 무리를 살폈다. 꽤 많이 가까워졌다. 전투는 이제 곧 벌어질 것이다.

"30초만 버티세요. 오크 검성 둘, 그리고 제사장 하나를 사냥하고 지원하겠습니다."

자신감 넘치는 목소리로 말하는 성준을 보며 A급 전투계 헌터 셋은 할 말을 잃고 말았다.

'마물이 저렇게 많은데 S급 셋을 30초 만에 처리한다고?'

불가능이라는 생각이 가장 먼저 떠올랐지만, 성준의 헌터 등급을 떠올린 A급 헌터는 고개를 저을 수밖에 없었다.

'대한민국 최초이자 유일의 SS급…… 가능할지도 몰라……'

A급 헌터는 마른침을 삼켰다. 성준이 그들과 대화를 나누는 사이 마물 무리가 가깝게 접근해 왔다.

아이언 골렘들이 쓰러지면서 선두를 차지하게 된 오크 검성 둘이 성준을 향해 고속 이동술을 펼치고 있었다.

그의 주변에 몰려 있던 A급 헌터들에겐 간신히 잔상을 쫓는 게 전부였지만 성준의 눈에는 너무나 선명하게 보였다.

"하앗!"

기술을 사용할 필요도 없었다. A급 보조계 헌터의 버프 지원을 받은 성준은 고속 이동술을 펼쳤다.

그의 몸이 오크 검성의 옆을 빠르게 스쳐 지나쳤다. 공격했다고 생각하기엔 너무 순식간이었고 기척조차 없었기에.

'그저 스쳐 지나갔을 뿐이리라……'

오크 검성이 그렇게 생각한 순간이었다.

"컥!"

외마디 비명과 함께 오크 검성이 두 쪽으로 갈라졌다. 붉은 피가 푸확! 하고 솟구쳤다.

"이, 인간 놈……!"

홀로 남은 오크 검성은 동족이 일격에 양단되는 모습을 보고 경악했다. 전신에 두려움이 퍼졌다. 부하들에게 명령을 내릴까 생각해봤지만, 압도적인 강함을 지닌 상대에게 그런 건 소용 없다는 것을 제일 잘 알고 있었다.

"크아아아아!"

그는 괴성을 지르며 고속 이동술을 펼쳤다. 모습이 일순간 사라졌다. 그는 성준의 바로 뒤에 나타났다.

머리를 잃은 채.

"말도 안 돼!"

"보이지도 않았어……!"

지원 준비를 하고 있던 군인들의 눈에 성준의 움직임은 보이지 않았지만, 오크 검성들이 피를 쏟으며 쓰러지는 것은 분명하게 볼 수 있었다.

-정확히 19초를 소모하셨습니다.

리슈발트가 보고했다. 성준은 전쟁군주들과 싸우고 있는 A급 헌터 셋을 돕기 위해 움직였다. A급 헌터 한 명이 왼팔을 잃은 채 급히 물러나고 있었고 그를 향해 전쟁군주가 창을 휘두르며 거리를 좁혔다.

"힐!"

성준은 마력을 끌어모아 '힐'을 사용했다. 밝은 백색의 빛과 함께 A급 헌터의 왼팔이 '재생'되었다.

그는 그 사실을 인지하기 무섭게 검을 휘둘러 오크 전쟁군주에게 치명상을 입혔다. 그러는 동안 성준은 순식간에 오크 전쟁군주들을 정리하고 제사장까지 죽였다.

1차 웨이브 또한 마무리되어 가는 듯싶었다.

-마력 반응 다수. 접근 중입니다.

리슈발트가 반갑지 않은 소식을 전해왔다. 성준은 마력이 느껴지는 방향으로 시선을 옮겼다. 아직 육안으로 보일 정도는 아니었다.

"2차 웨이브라고 하기에는 너무 빠른데……?"

레이드는 웨이브가 한 차례 끝나면 다음 웨이브가 시작될 때까지 같은 차원 관문에서 마물이 소환되는 일은 없다. 동력원인 수정의 과부하를 막기 위해서다.

-2차 웨이브는 아닙니다. 주군께서 전투를 하고 있는 동안 이미 접근 중이었습니다. 아마 다른 곳의 방어선이 무너진 것 같습니다.

성준이 짧은 전투를 이어가는 동안 리슈발트는 주변에서 감지되는 마력 반응들의 움직임을 주시하고 있었다.

"강성준 헌터님! 현 거점의 동쪽을 사수하고 있던 방어선이 완전히 파괴되었습니다!"

소강을 틈타 던전 관리국의 조사관이 달려와 보고했다.

"그럼 이쪽에서 레이드 웨이브 2개를 감당해야 한다는 겁니까?"

성준은 어이가 없다는 표정으로 물었다. SS급 레이드 상황에서 2개의 차원 관문이 쏟아내는 웨이브를 막는다는 것은 쉬운 일이 아니었다.

"지금 동쪽, 그러니까 강동구 쪽은 구역 전체로 격전지가 확대되어서 거주 중인 헌터들로는 진압이 불가능한 상황입니다."

"지원은 없습니까? 그러면 조금 곤란한데……."

성준은 입술을 살짝 깨물었다. 초조한 것은 아니었지만 상황이 나빴다.

"나준열 헌터님과 백하연 헌터님의 공대가 광진구에서 출발했습니다. 남쪽으로 내려오면서 현 거점 북쪽에 위치한 차원 관문을 타격할 예정입니다."

"버티기만 하면 되는 것이군요."

"안양과 과천 쪽에서도 급히 편성된 공대가 군용 헬기를 타고 이쪽으로 오고 있습니다. 강성준 헌터님! 부탁드립니다! 이곳마저 무너지면 격전지가 너무 확산됩니다! 헌터님이 유일한 희망입니다!"

조사관은 거의 애원하듯 말했다. 그의 말은 과장된 게 아니었다. 상황은 심각했다.

"아무 일도 없을 겁니다."

나준열과 백하연의 공대가 도착할 때까지 2개의 차원 관문에서 쏟아내는 웨이브를 모두 막아내야 하는 절망적인 상황이었지만 성준은 침착하게 조사관을 안심시켰다.

근거 없는 자신감이 아니었다. 그는 대한민국 최초이자 유일의 SS급 헌터였다.

"이 근방의 헌터들은 모두 소집되었습니다. 나준열 헌터님과 백하연 헌터님의 공대가 도착할 때까지 증원은 없을 것 같습니다."

조사관은 계속해서 안 좋은 소식을 전했지만, 성준은 여유를 잃지 않았다.

"잊으셨습니까?"

"네?"

성준의 물음, 조사관은 그의 의도를 파악하려 애썼지만 실패했다.

그 모습을 보며 성준은 미소를 머금은 채 입을 열었다.

"저는 회복계 헌터입니다. 증원이 없어도 버틸 수 있습니다."

장시간 전투에서 가장 경계해야 할 것은 동료의 죽음으로 인한 전투력 상실이다. 하지만 성준은 SS급 헌터였다.

'즉사'만 피한다면 살릴 수 있다.

-주군. 웨이브가 근접했습니다.

리슈발트가 보고했다. 성준은 시선을 옮겼다. 이제 육안으로 보일 정도로 웨이브가 근접했다. 하늘에서는 오크들을 잔뜩 태운 비공정이 다가오는 게 보였다.

'종족 연합이군.'

비공정 제작은 평범한 마물 무리의 기술력으로는 불가능했다. 하지만 종족 연합에 소속된 오크 부족이라면 그들의 고등 기술을 빌려서 비공정을 제작할 수 있다.

-붉은 도끼 부족이 확실합니다. SS급 레이드 상황이니 부족장 래쉬가 직접 왔을 수도 있겠군요.

"리도니아 대평원에서의 빚을 조금이지만 갚을 수 있겠네."

성준은 조사관에게서 멀어지며 아주 작은 목소리로 대답했다.

래쉬는 리도니아 대평원에서 성준의 전생, 로우켈과 싸웠던 오크였다. 그는 로우켈에게 패했고 붉은 도끼 부족의 정예들은 치명적인 피해를 입고 퇴각했었다. 그렇지만 최종적인 결과는 로우켈의 죽음이었다. 성준은 래쉬가 전생의 죽음에 일조했다고 생각하고 있었다.

-기대됩니다.

리슈발트의 말에 성준은 고개를 끄덕였다.

"하늘에 떠 있는 저건 어떻게 합니까? 점점 가까워지고 있는데……."

A급 마법계 헌터가 물었다. 비공정을 말하는 것이었다. 성준은 차분하게 생각을 정리한 끝에 결정을 내렸다.

"마법계 헌터님들은 비공정을 공격해 주시겠습니까? 지상의 마물들은 저희가 처리하겠습니다."

"그래도 되겠습니까?"

"반드시 격추하셔야 합니다."

성준은 전생, 로우켈 시절의 기억을 가지고 있기 때문에 종족 연합의 강하 전술에 대해 잘 알고 있었다. 그들은 종족에 관계없이 강하병이라는 병과를 육성하는데 이들은 고도를 낮춘 비공정에서 강하하여 지상의 적들을 공격한다. 주로 지상군의 공격과 함께 이루어진다.

지상의 마물 무리와 난전이 벌어진 상황에서 강하병들까지 하강하면 큰 혼란을 초래할 것이다. 그것은 반드시 막아야만 했다.

"알겠습니다. 최선을 다하겠습니다."

A급 마법계 헌터가 대답했다. 자신감은 없어 보였지만 최선을 다하겠다는 의지는 분명하게 전달되었다.

콰앙! 쾅!

공격 마법에 연이어 타격 당한 비공정이 검붉은 연기를 토해내기 시작했다. 그러는 동안 마물 무리는 원거리 공격을 주고받을 수 있을 정도로 거리를 좁혀온 뒤였다.

"공격!"

오크 검성이 또렷한 이계어로 명령을 내렸다. 활을 조준하고 있던 오크들이 일제히 시위를 놓았다. 수십 개의 화살이 헌터들을 향해 바람을 가르며 날아갔다.

"바, 방어 마법을……."

"비공정 공격에 집중하세요!"

성준은 방어 마법을 사용하려는 마법계 헌터를 말렸다. 대신 고속 이동술을 펼쳐서 대열의 가장 앞으로 이동했다.

"질풍검."

짧은 전진과 함께 검풍이 전방으로 쏟아졌다. 그러자 화살들은 조각나서 바닥에 떨어져 내렸다.

"주술 포격이다! 전투부대를 원호한다!"

오크 검성이 계속해서 명령을 내렸다. 오크 주술사들이 공격 주술을 펼쳤다. 땅이 갈라지면서 요동치고 하늘에서는 불의 비가 쏟아졌다.

성준이 파마검으로 방어를 시도했지만 모든 주술을 베는 것은 무리였다.

"크아악!"

"으아악!"

실력이 부족한 헌터 몇 명이 주술을 피하지 못하고 쓰러졌다. 2명은 팔이 날아가는 중상이었다. 성준은 비명이 들린 곳으로 왼손을 뻗으며 입을 열었다.

"힐링 스프레이."

순백의 빛무리가 부상자들을 회복시켰다. 중상자들까지 완전히 회복한 것을 확인한 성준은 왼손을 거두었다.

하지만 힐링 스프레이를 중단하기 무섭게 사방에서 비명이 터져 나왔다.

"크아악!"

"커헉!"

전투가 시작되면서 헌터들이 하나둘씩 쓰러졌다. 성준의 눈동자가 바쁘게 움직였다.

"힐! 힐링 스프레이!"

'힐'과 '힐링 스프레이'를 쉴 틈 없이 시전 했다. SS급 회복계 헌터의 '힐'은 치명상을 입고 쓰러진 헌터들도 바로 일으킬 정도로 강력했다. 그들은 부상을 회복하기 무섭게 다시 마물들에게 맞섰다.

"사제가 있다."

"사제를 먼저 죽여야 해."

무리의 지휘를 맡은 오크 검성들은 성준의 존재를 위협적이라고 인식했다. 그는 부상 입은 헌터들을 '힐'로 치유할 뿐만 아니라 위협이 되는 오크 전쟁군주들을 모두 죽였다.

"저놈을 먼저 처리해야 해!"

"합공이다!"

오크 검성들은 이계어로 의견을 주고받았다. 이윽고 그들은 성준을 포위했다.

힐과 전투를 병행하느라 눈치채지 못했을 것이라 생각했지만 사실 성준은 오크 검성들의 움직임을 모두 파악하고 있었다.

그에게는 충직한 부관인 리슈발트가 있었기 때문에 어려운 일은 아니었다.

-오크 검성이 넷입니다. 전쟁군주도 둘입니다.

리슈발트는 오크들 틈에 숨어 기회를 보고 있는 적들을 파악했다. 성준은 고개를 끄덕이고는 마물 무리 깊숙이 파고들었다.

"지금이다!"

오크 검성 하나가 지시를 내렸다. 자신들의 진형 깊숙이 침투하는 성준의 모습을 보고 기회라고 인식한 것이었다.

하지만 그것은 성준이 의도한 것이었다.

"폭풍검."

휩쓸렸다는 표현이 가장 어울렸다. 폭풍과도 같은 칼바람의 연격을 버티지 못하고 수십의 오크가 피범벅이 되었다.

전쟁군주 둘도 목숨을 잃었고 오크 검성 중에서도 둘이 중상을 입고 쓰러졌다.

"이, 인간 놈이!"

오러가 깃든 검을 휘두르며 달려드는 오크 검성. 그를 노려보는 성준의 눈동자가 날카롭게 빛나는 순간이었다.

서걱!

"크아아아악!"

오크 검성의 오른팔이 잘렸다. 뒤늦게 고속 이동술을 펼친 또 다른 오크 검성의 목에는 단검이 꽂혀 있었다.

-역시 주군이십니다. 깔끔했습니다.

리슈발트가 감탄했다. 전투는 끝을 보이고 있었다. 5분이 지나지 않아서 동쪽의 웨이브를 막아냈다.

"흡수."

성준은 '흡수'를 사용해 체력과 마력을 보충했다. 전생에 고안한 이 '흡수' 기술이 없었다면 그는 장시간 전투를 이어나가지 못했을 것이다. 전생에 사용했던 기술들은 죄다 마력 소모가 컸다.

콰앙!

하늘에서도 폭발음이 들렸다. 마법계 헌터들이 붉은 도끼 부족의 비공정을 파괴하는 것에 성공한 것이었다.

전투가 끝나고 마물들의 시체가 사라지면서 마정석이 남았다. 레이드 상황에서는 개인 루팅이 허가되지 않는다. 관리국의 직원들이 나중에 회수할 것이다.

-또 옵니다.

헌터들이 거칠어진 호흡을 가다듬고 있을 때였다. 리슈발트는 마물 무리의 접근을 성준에게 알렸다. 동쪽의 웨이브는 막아냈지만, 북쪽의 차원 관문에서 2차 웨이브가 쏟아져 나온 것이었다.

2차 웨이브, 3차 웨이브……. 4차 웨이브까지 방어했다. 2개의 차원 관문을 모두 감당했으니 8번의 웨이브를 막은 것이었다.

하지만 끝이 아니었다. 웨이브가 다시 밀려오고 있었다.

"이런…… 제기랄!"

헌터들 또한 마력 반응을 감지한 것인지 욕설을 내뱉었다. 성준의 '힐' 덕분에 부상은 치유되었지만, 체력까지 회복되는 것은 아니었다. 이미 그들은 한계에 가까웠다. 성준도 '흡수'를 계속했지만, 처음에 비해 체력과 마력을 많이 소모한 상태였다.

그렇게 5차 웨이브까지 어떻게든 막아냈다.

"피해는요?"

성준은 조사관을 보며 물었다. 웨이브가 끝나면서 아주 잠깐 주어진 휴식 시간 동안 부상자를 체크 하고 있던 조사관이 고개를 들었다.

"지금까지 단 한 명도 죽지 않았습니다. 정말 대단합니다!"

조사관은 진심으로 감탄했지만, 성준은 전혀 기쁘지 않았다. 버티기만 하는 지금 상황 때문에 짜증이 가득이었다.

마음 같아서는 홀로 차원 관문에 돌진하고 싶었지만 그렇게하면 방어선에 남은 헌터들이 문제였다. 그들은 지쳐 있었다. 성준의 지원이 없다면 순식간에 전멸할 것이 분명한 일이었다.

"조사관!"

"부, 부르셨습니까?"

"나준열 씨의 공대는 언제 차원 관문에 도착하는 겁니까? 왜 연락이 없어요?"

성준의 목소리에서 짜증이 묻어 나왔다. 웨이브를 막느라 여유가 없어서 미뤄두었던 질문이 연이어 쏟아지자 조사관은 땀을 뻘뻘 흘리며 입을 열었다.

"시, 실은 30분 전에 차원 관문을 발견했다는 보고를 받았습니다만…… 그 이후로 답신이 없습니다."

"젠장할!"

성준은 욕설을 내뱉었다.

하지만 이내 차분하게 마음을 가라앉혔다.

"증원은 언제 오는 겁니까?"

과천에서 출발한 공대가 도착할 때가 되었기 때문에 질문한 것이었다. 조사관은 무전기를 들어 올렸다. 그는 어딘가와 통신을 나눈 뒤, 성준을 보며.

"곧 도착할 것 같습니다."

성준은 리슈발트에게 시선을 옮겼다. 말은 하지 않았지만 리슈발트는 자신의 주군이 무엇을 묻는 것인지 알 수 있었다.

-다음 웨이브는 아직 시작되지 않았습니다. 그래도 거리를 생각해볼 때 20분이면 도착할 것 같습니다.

리슈발트의 대답을 들은 성준은 조사관을 보며 입을 열었다.

"정확한 시간은요?"

"10분 안에 도착합니다."

조사관의 대답이 끝나기 무섭게 성준은 북쪽을 향해 몸을 돌렸다.

"강성준 헌터님?"

조사관은 황급히 그를 불렀다. 성준은 잠시 걸음을 멈추더니 고개를 돌려 조사관을 바라보았다.

"북쪽 차원 관문…… 박살 내고 오겠습니다."

웨이브가 시작되기 전에 증원이 도착할 것이다. 그러면 지친 헌터들은 후방으로 물러날 것이고 새로운 헌터들이 웨이브를 맞이할 것이다. 성준은 자신은 역할을 충분히 수행했다고 생각했다.

"알겠습니다…… 행운을 빌겠습니다."

조사관도 더는 말리지 않았다. 성준은 고개를 끄덕인 뒤, 가장 가까운 차원 관문이 있는 북쪽을 향해 달렸다.

S급 마법계 헌터인 준열이 이끄는 공대가 연락 두절이 될 정도로 위급한 상황에 처해진 것으로 보아 SS급 레이드의 보스가 북쪽의 차원 관문에 있을지도 몰랐다.

-붉은 도끼 부족장, 래쉬의 전투력이 SS급 정도 될 겁니다. 레이드 보스를 맡기에는 충분하다고 생각됩니다.

리슈발트는 래쉬가 당연히 레이드 보스 포지션을 맡고 있을 것이라 생각했다. 과속하는 자동차처럼 차원 관문를 향해 달려간 성준은 다수의 마력 반응을 감지했다.

"은신."

완벽하게 숨기 위해 아이템의 은신 기능을 사용하면서 전생의 기억으로 알고 있는 기척을 죽이는 기술까지 사용했다.

-정찰을 다녀오겠습니다.

리슈발트는 성준의 생각을 먼저 읽고는 정찰을 나섰다. 성준은 차원 관문을 향해 발걸음을 옮겼고 리슈발트는 5분이 지난 뒤, 돌아왔다.

성준은 그가 눈치챌 수 있도록 희미한 마력을 흘려보냈다.

-예상대로 차원 관문에는 나준열과 백하연이 쓰러져 있었고 그들의 앞에 래쉬가 있었습니다. 다음 웨이브는 아직 시작되지 않았지만, 하수인들의 수가 생각보다 많았습니다.

차원 관문이 파괴되면 그것을 이용한 마물들은 모두 역소환되기 때문에 하수인들이 항상 주변을 지키고 있다.

이번에도 예외는 아니었다. 성준도 예상하고 있었지만, 리슈발트가 우려하는 이유는 하수인들의 수가 생각보다 많았기 때문이었다.

성준은 은신 상태였기 때문에 대답할 수 없었지만 크게 신경 쓰지도 않았다. 그것은 모두 죽이면 해결되는 문제였다.

'모두 죽인다.'

어느새 차원 관문이 육안으로 보일 정도로 거리를 좁힌 성준은 싸늘한 시선을 흩뿌리며 다짐했다.

래쉬의 모습도 보였다. 그는 사람의 두개골을 허리에 매달고 부족의 이름과 어울리는 붉은 도끼를 양손에 들고 있었다.

공대에서 준열과 하연을 제외한 헌터들은 모두 사망한 뒤였고 두 사람은 묶여서 포로가 되어 있었는데 몰골이 말이 아니었다. 피투성이였다.

아마 헌터들의 사기를 저하시키기 위해 공개 처형이라고 할 생각이었던 것 같았다.

"누군가 있다."

성준은 은신과 함께 고도의 기술로 기척을 숨기고 있었지만 래쉬는 누군가 자신들을 노리고 있다는 것을 확신할 수 있었다.

그것은 살기나 기척을 느끼는 것이 아니었다. 사냥당하는 자가 본능적으로 느끼는 두려움이었다.

래쉬는 마른침을 삼켰다. 부하들 앞에서 태연한 척하려고 했지만 쉽지 않았다.

'누군지 몰라도 강적이다……'

리도니아 대평원에서 로우켈과 마주했던 그 날 이후로 처음 느껴보는 '두려움'이었다.

그의 부하들 역시 심한 두려움에 사로잡힌 상태였다. 호전적인 성향을 가진 오크들이 아니라 일반 병사들이었다면 이미 흩어져 도망쳤을지도 모른다.

래쉬는 날카로운 시선으로 주변을 훑었지만 모든 고등 기술을 동원해 은신을 펼치고 있는 성준의 정확한 위치를 찾아내는 것은 불가능했다.

'제기랄!'

래쉬는 속으로 욕설을 내뱉었다. 하지만 그는 미지의 적이 모습을 드러내게 할 방법을 생각해냈다.

그는 곁을 지키고 있는 오크 제사상을 향해 '수신호'를 보냈다. 그것에 담긴 의미는 간단했다.

'모든 방향에 주술 폭격을 가해라.'

사방에 광역 주술을 쏟아부어서 은신을 해제할 수밖에 없는 상황을 만들려는 것이었다.

오크 제사장은 대답 대신 고개를 끄덕였다. 그리고 메시지 주술로 다른 주술사들에게 래쉬의 지시를 전달했다.

주술사들이 마력을 끌어 올리는 모습을 확인한 성준은 곧바로 고속 이동술을 펼쳤다.

은신은 풀렸지만 갑작스러운 기습이었기 때문에 붉은 도끼 부족은 곧바로 대응하지 못했다.

"커헉!"

성준이 던진 단검이 오크 제사장의 목에 꽂혔다. 방어 주술을 펼칠 틈도 없이 순식간에 벌어진 완벽한 기습이었다.

"쳐라!"

근처에 있던 오크 검성 여섯이 검을 뽑아 들었다. 그들은 성준을 향해 일제히 달려들었다. 일반인들의 눈으로는 잔상조차 찾을 수 없는 고속이었지만 전력을 전개한 성준의 눈에는 멈춰 있는 것에 가까울 정도로 느리게만 느껴졌다.

성준의 눈동자가 그들을 빠르게 훑었다. 이윽고 그는 날렵하게 검을 휘둘렀다.

"커헉!"

"끄아아악!"

압도적인 무력의 차이 앞에서 오크 검성들은 아무것도 하지 못했다. 성준이 휘두른 검에 베어 힘없이 추락하는 그들의 몸에서 붉은 핏줄기가 솟구쳤다.

하지만 그들이 희생하여 시간을 벌어준 덕분에 오크 제사장이 주술을 거의 완성할 수 있었다.

"석화."

성준이 먼저 반응했다. 석화 저주를 머금은 붉은 광선이 오크 제사장의 가슴에 명중했다. 오크 검성들의 시체가 바닥에 닿기도 전에 오크 제사장이 돌로 변했다.

"제기랄!"

래쉬는 욕설을 내뱉었다. 순식간에 제사장 둘과 검성 여섯을 잃었다. 인해전술을 통해 적의 체력을 빠지게 하고 제사장과 검성, 전쟁군주 등의 소수 정예 인원을 투입하는 오크의 전술은 제국과 닮아 있었다. 그런데 지금은 다수의 정예 전투원을 잃고 말았다.

"공격!"

오크 검성이 황급히 지시를 내렸다. 그는 조금 떨어진 곳에 있었기 때문에 목숨을 건질 수 있었다.

"인질을 확보해라!"

오쿠 전쟁군주 둘이 묶여 있는 준열과 하연에게 달려갔다. 성준에게는 다수의 오크 무리가 몰려들었다.

"폭풍검."

날카로운 칼날을 머금은 폭풍이 휘몰아쳤다. 고통에 찬 비명과 함께 여기저기서 피 분수가 솟구쳤다.

하늘로 솟구친 피가 비처럼 쏟아져 내렸다. 성준의 주변에는 오크들의 시체만 남았다. 단 한 번의 기술로 100마리에 가

까운 오크들이 목숨을 잃은 것이었다. 그들 중에는 전쟁군주
도 3마리나 섞여 있었다.

-나준열과 백하연 쪽으로 전쟁군주 둘이 이동하고 있습니
다. 인질로 잡을 생각인 것 같습니다.

리슈발트가 보고했다. 성준은 대답 대신 마력을 끌어 올렸다.

"블링크."

그는 준열과 하연이 묶여 있는 나무 기둥 앞에 모습을 드러
냈다. 전쟁군주 둘은 급히 무기를 겨눴다. 성준을 향해 겨눠진
창에 오러가 깃들었다. 다른 오크 전쟁군주는 워크라이를 사
용하기 위해 입을 열고 마력을 끌어모았다.

"컥!"

하지만 워크라이가 시전 되기 직전에 성준이 차가운 표정으
로 던진 단검이 먼저 전쟁군주의 목에 꽂혔다.

워크라이에 노출되더라도 성준의 마력량이면 금방 벗어날
수 있지만 귀찮은 기술은 사전에 차단하는 게 제일이었다.

"제, 젠장!"

홀로 남은 오크 전쟁군주는 욕설과 함께 성준을 향해 창을
내찔렀다. 총탄과도 같은 속도였지만…….

"느려."

성준에게는 너무나 느리게 느껴지는 공격이었다. 그는 고개
를 옆으로 꺾으며 피한 뒤, 검으로 창대를 베었다.

강철로 만들어진 창대였지만 오러를 버티지는 못했다. 전쟁
군주는 창을 포기하고 손도끼를 집어 들었다. 반격을 노렸지
만, 그 순간 성준은 그를 노려보며 살기를 발산했다.

"큭!"

붉은 도끼 부족의 오크 전쟁군주라고 해도 성준의 살기를
혼자서 받아내는 것은 무리였다. 다리가 부들부들 떨리는 것
으로도 모자라 오줌까지 지렸다.

그 모습을 보며 성준은 입꼬리를 끌어 올렸다.

"오줌까지 지린 거야? 붉은 도끼 부족의 체면이 말이 아니네."

비웃음과 함께 휘둘러진 검이 전쟁군주의 목을 쳤다. 피 분
수가 솟구치고 잘린 머리가 바닥에 뒹굴었다.

"붉은 도끼 부족을 얕보지 마라……!"

등 뒤에서 목소리가 들려왔다.

성준은 몸을 돌리면서 검을 휘둘렀다. 날렵한 일격에 래쉬
는 공격을 포기하고 뒤로 물러날 수밖에 없었다.

"회수."

성준은 회수한 단검을 던져 준열의 팔을 묶은 매듭을 끊었
다. 정확히 매듭만 잘라내는 신묘한 단검 투척술이었다.

"힐!"

준열을 향해 왼손을 뻗으며 외쳤다. SS급 회복계인 성준의
힐량은 S급 헌터조차 정신을 잃을 정도의 치명상을 순식간에

치유했다. 동시에 물리력을 지닌 마력의 파장을 흘려보냈다.

"큭!"

가벼운 충격에 준열이 정신을 차렸다.

"실드!"

그는 경험이 풍부한 S급 헌터답게 정신을 차리기 무섭게 방어 마법부터 펼쳤다. 때마침 그를 노리고 날아온 손도끼가 푸른 마력의 방패에 꽂혔다. 오러가 깃든 손도끼였지만 준열의 마법 방패도 워낙 강력해서 균열은 생겼으나 파괴되지는 않았다.

"덕분에 정신을 차렸습니다. 감사합니다."

준열은 감사를 표했다. 그는 상황 파악을 위해 날카로운 시선으로 주변을 살폈다. 그리고 이내 슬픈 표정이 되어서 입을 열었다.

"다들 죽은 것 같군요……"

"나준열 씨도 죽을 뻔했어요."

성준이 말했다. 적당한 생색은 인생을 살아가는데 필요한 윤활유 같은 것이었다.

준열은 고개를 끄덕였다. 불쾌한 표정은 아니었지만, 얼굴에 그늘이 드리워 있었다. 모두를 지키지 못했다는 무거운 죄책감이 그를 짓누르고 있는 듯했다.

"상황은 알겠습니다."

준열은 말을 마치며 마력을 끌어 올렸다. 허공에 수십 개의 파이어 스피어가 생성되었다. S급 마법계 헌터 다운 멀티캐스팅이었다.

"인간 놈!"

래쉬가 붉은 도끼를 휘두르며 고속 이동술을 펼쳤다. 오크 전쟁군주들 또한 가세했다.

사방에서 조여드는 포위망에도 불구하고 성준과 준열은 침착했다.

"교란하겠습니다."

성준이 고개를 끄덕이자 준열은 준비된 파이어 스피어들을 쏘아 보냈다. 11마리의 오크 전중군주들이 불길에 휩싸여 고통스러운 비명을 토해냈다. 뒤이은 윈드 커터의 연격에 다른 오크들도 핏줄기를 쏟아내며 토막 났다.

하지만 주술 공격이 이어지고 오크 검성 셋이 전쟁군주 여덟과 함께 달려들었다.

백하연을 깨울 여유는 없었다. 상황은 긴박하게 진행되고 있었다.

"보스를 부탁합니다."

준열은 멀티캐스팅을 멈추지 않았다. 성준을 보며 침착한 목소리로 보스의 처리를 부탁했다.

성준은 대답 대신 래쉬를 향해 몸을 날렸다.

"환영검."

성준은 시동어를 내뱉는 것으로 일격 필살의 기술을 발동 시켰다.

"로우켈의 기술! 네놈이었구나!"

래쉬의 눈동자가 빛났다. 그는 붉은 도끼에 깃든 오러를 '변형'시켜 흩뿌렸다. 마치 날카로운 단검의 세례처럼 오러를 흩뿌리자 다수의 환영검이 상쇄되었다.

"하하!"

래쉬는 의기양양해졌다. 그는 기합과 함께 성준의 머리를 쪼개기 위해 손도끼를 내리찍었다. 바람을 찢는 소리보다 손도끼가 먼저 성준의 검에 닿았다.

콰앙!

"큭!"

방어에 성공했지만 래쉬의 손도끼에 실린 힘이 엄청났다. 거대한 크레이터가 생기면서 성준의 오른쪽 손목이 완전히 박살 나고 말았다.

하지만 그는 당황하지 않았다. 래쉬가 연격을 준비하는 동안 마력을 끌어 올리며 입을 열었다.

"힐."

부상이 회복되었다.

래쉬는 그것도 모른 채 성준을 향해 손도끼를 휘두르고 있었다. 단순한 베기가 아니었다.

-'단공'입니다!

'단공'은 차원까지 베어버리는 고등 기술이었지만 성준의 입가에서는 여전히 여유로운 미소가 걸려 있었다.

그의 눈동자가 날카롭게 빛나는 순간이었다.

"참검."

'단공'보다 상위에 있는 기술, 로우켈이 직접 만들었으며 리슈발트를 포함해 기사 여단의 소수에게만 전수된 최종 결전 기술!

모든 존재를 베는 '참검'이 사용되었다. 동조율이 부족한 탓에 온전한 상태의 '참검'이 아니었다. 하지만 그럼에도 불구하고 래쉬의 '단공'을 압도하기에는 충분했다.

'위, 위험······!'

뒤늦게 본능이 경고했다. 래쉬는 급히 몸을 틀었지만, 완전히 피하지는 못했다. '참검'은 래쉬의 손도끼에 깃든 오러와 함께 래쉬의 왼팔을 그어버렸다. 일순간 차원이 일그러졌고 잘린 왼팔이 떨어져 나간 단면에서 피 분수가 솟구쳤다.

"큭!"

래쉬는 신음을 흘렸다. 그는 황급히 고속 이동술을 펼쳐 뒤로 물러났다. 거리가 벌어지자 성준의 자세를 살필 수 있었다.

'로우켈의 전투 자세······.'

래쉬는 그것을 리도니아 대평원에서 단 한 번 보았을 뿐이었지만 선명하게 기억하고 있었다.

당시 동원되었던 붉은 도끼 부족의 오크들을 전멸하게 만든 그를 어떻게 잊겠는가?

'로우켈이 제자를 남겼다는 말이 사실이었을 줄이야……'

처음 그 말을 들었을 때 래쉬는 고개를 저었지만, 지금은 믿을 수밖에 없었다. 눈앞의 이계인, 성준의 전투 자세는 로우켈 본인이라고 해도 믿길 정도로 완벽에 가까웠다. 자세히 살피면 부족한 부분도 찾을 수 있었지만 그렇다고 해서 래쉬에게 승산이 보이는 것은 아니었다.

-왼팔을 잃었지만 완벽한 방어 자세입니다.

리슈발트가 래쉬의 방어 자세를 평가했다.

"빈틈이 없으면 만들면 돼."

성준은 아주 작은 목소리로 대답하며 두 눈에 마력을 끌어올렸다.

"석화."

시동어를 내뱉자 그의 두 눈에서 쏘아진 붉은 광선이 래쉬를 노렸다. 그는 몸을 옆으로 틀어 피했지만 그로 인해 빈틈이 생겼다. 성준의 두 눈이 반짝였다.

"블링크."

블링크는 고속 이동술보다 마력 소모는 심하지만, 훨씬 빠르다. 래쉬는 어느새 자신의 코앞에 나타나 검을 휘두르는 성준의 모습을 볼 수 있었다.

"큭!"

래쉬는 왼팔이 잘렸음에도 불구하고 풍부한 전투 경험을 바탕으로 성준의 일격을 막아냈다. 하지만 그것뿐이었다.

"환영검."

이어진 환영검까지 방어하지는 못했다. 오러를 머금은 환영의 칼날은 래쉬의 전신을 잔혹하게 찢어발겼다. 그는 붉은 피를 쏟아내며 힘없이 쓰러졌다.

"흡수."

-동조율이 2% 상승해서 현재 59%입니다. 질풍검의 제한이 일부 풀리면서 응용이 가능해졌습니다.

동조율이 2%나 올랐다. 입가에 미소가 번지는 것은 당연했다.

"설명할 필요 없을 것 같아."

성준이 말했다. 운이 좋게도 이번에는 질풍검을 응용하는 방법이 머릿속에 떠올랐다.

'바로 사용해 볼까?'

레이드 보스인 래쉬를 처치했지만, 차원 관문으로 향하는 길에 다른 마물이 많았다.

준열은 하연을 지키면서 싸우느라 제대로 된 공격 마법을 펼치지 못하고 있었다.

"질풍검!"

시동어와 함께 힘차게 검을 휘두르자 칼날을 머금은 회오리 바람이 일어나 전방을 휩쓸었다.

회오리바람이 지나간 길에는 붉은 피가 흥건했다. 한 번의 공격 기술로 차원 관문으로 향하는 길이 열렸다.

'블링크'를 사용할 필요도 없었다. '고속 이동술'이면 충분했다. 성준은 순식간에 차원 관문과의 거리를 좁혔다. 오크 검성 하나가 전쟁군주 둘과 함께 '수정'을 지키고 있었다.

"마, 막아라!"

오크 검성이 전력을 다해 오러를 전개하며 외치자 전쟁군주 둘이 글레이브를 휘두르며 다가왔다.

성준도 검을 휘둘렀다. 오러가 충돌하면서 마력 파편이 튀었다. 글레이브에 깃들어 있는 오러는 미약했기 때문에 성준의 오러와 충돌한 순간 처참하게 박살 나고 말았다. 오러가 박살 나자 성준의 검은 글레이브를 절단하고 오크 전쟁군주의 목을 베었다.

"커흑!"

붉은 피가 분수처럼 솟구쳤다. 성준은 다른 전쟁군주까지 처치한 뒤, 오크 검성을 향해 몸을 던졌다.

"우어어어어!"

오크 검성은 오러 참격을 쏘아냈지만 그것은 살상력에 비해 속도가 너무나 느린 기술이었다. 성준은 오크 검성의 옆을 스치듯 지나쳤다.

"이, 인간 놈…… 커헉!"

오크 검성의 흉부에 단검이 꽂혀 있었다. 성준이 옆을 스쳐 지나가면서 꽂아 넣은 것이었다.

심장 직격이었다. 오크 검성은 힘없이 쓰러졌고 성준은 차원 관문을 유지하는 수정을 파괴했다.

우웅-

차원 관문이 무너지자 준열이 상대하고 있던 마물들도 모두 역소환 되었다.

주변에서 마물의 마력 반응이 더 이상 느껴지지 않는 것을 확인한 준열은 안도의 한숨을 내쉬었다. 마물들이 사라졌으니 조금의 여유가 생겼다.

성준이 다가가 하연을 깨웠다.

"윽……."

상처는 치유되었지만, 마지막 기억 탓인지 그녀는 신음을 흘리며 깨어났다. 그런 그녀를 보며 준열은 상황을 설명했다.

"아…… 그렇군요."

하연 역시도 공대가 전멸했다는 사실에 죄책감을 느끼고 고개를 숙였다. 하지만 곧 고개를 저으며 정신을 수습했다.

"고마워요. 강성준 씨가 아니었으면……."

하연은 말끝을 흐렸다. 성준이 타이밍을 맞춰 도착하지 않았다면 어떤 일이 벌어졌을지 생각만 해도 끔찍했다.

"운이 좋았습니다."

타이밍을 맞출 수 있었던 것은 솔직히 운이 좋았던 게 맞다. 성준은 북쪽으로 시선을 옮겼다. 서울이 불타고 있었다.

"심각합니다. 서울에만 13개의 차원 관문이 열렸습니다. 13개 행정구에서 레이드 상황이 발생한 겁니다."

준열이 설명했다.

"다른 나라는 어떻습니까?"

"타국의 상황은 모르겠습니다. 저한테 가장 중요한 것은 대한민국이니까요."

애국심 깊은 준열다운 대답이었다. 성준은 고개를 끄덕이며 입을 열었다.

"일단 방어선으로 이동하시죠."

"알겠습니다."

"그렇게 하는 게 좋겠어요."

준열과 하연이 동의했다. 그들은 하연의 헤이스트 버프까지 받은 상태로 방어선까지 달렸다. 전력을 다한 덕분에 금방 도착할 수 있었다.

처음 성준이 맡은 공대가 후방으로 물러나고 증원 온 공대가 그 자리를 대신하고 있었다.

"강성준 헌터님!"

조사관이 성준을 기다리고 있었다. 그는 성준을 발견하기 무섭게 서둘러 달려왔다.

"이곳을 기점으로 송파구 차원 관문의 소멸을 확인했습니다."

"강동구 쪽은요?"

성준의 질문에 조사관은 태블릿 PC의 화면으로 시선을 옮겼다. 사실 관계를 확인하는 것이었다.

"거기도 마찬가지입니다. 증원으로 합류한 공대가 차원 관문을 파괴했습니다. 이제 이 근처는 안전합니다."

조사관이 대답했다. 다행히 격전지가 걷잡을 수 없을 정도로 확산되기 전에 차원 관문을 파괴하는 데 성공한 것이었다.

"강동구도 S급 헌터가 처리한 겁니까?"

차원 관문이 광범위한 지역에 여러 개 열린 SS급 레이드 상황이었다. 송파구의 차원 관문이 가장 규모가 컸지만 다른 곳에도 최소 S급에 달하는 레이드 보스들이 지키고 있었을 것이다.

S급 헌터가 동원되지 않았다면 쉽게 격파하기 힘들었을 것이라고 성준은 생각했다.

"S급 전투계 유강철 헌터님이 레이드 보스를 처리하고 차원 관문을 파괴해 주셨습니다."

성준은 고개를 끄덕였다. 랭킹은 기억나지 않았지만 유강철이라는 이름은 들어본 적이 있었다. 헌터 닷컴에서 언뜻 봤던 기억이 정확하다면 망치를 주 무기로 사용하는 헌터가 맞을 것이다.

"MVP는 당연히 저겠죠?"

"아…… 그게……."

성준은 당연하다는 듯이 물었지만, 조사관은 쉽게 대답하지 못했다. 그는 우물쭈물하다가 성준이 노려보자 마른침을 삼키며 입을 열었다.

"S급 랭킹 1위인 최한석 헌터님이 이번 레이드 상황에서 MVP로 예상되고 있습니다."

"랭킹 1위 최한석이요?"

조금 충격이었기에 성준의 언성이 살짝 올라갔다. 조사관은 성준의 시선을 회피했다.

"강성준 헌터님이 웨이브를 방어하는 동안 혼자서 차원 관문 3개를 파괴하셨습니다."

성준이 SS급 헌터가 되기 전까지만 해도 '대한민국 최강'이라는 수식어가 붙어 다녔던 헌터 다운 활약이었다.

성준도 인정할 수밖에 없었다. 하지만 그렇다고 해서 MVP를 양보할 생각은 없었다. MVP가 되면 레이드 상황 종료 후, 30%의 추가 정산을 받게 된다. 이번 레이드 상황은 전례 없을 정도로 거대한 규모니까 성준이 기존에 약속받은 추가 정산에 MVP까지 더해진다면 엄청난 금액을 정산받게 될 것이다.

'돈은 많을수록 좋아.'

특히 최근에는 수혁의 치료를 위한 신약 개발과 제로스의 연구 때문에 돈이 많이 소모되고 있었다.

"지금 열려 있는 차원 관문 중에 가장 규모가 큰 곳은 어딥니까?"

"용산구입니다. 레이드 보스로 헤슬링이 출현하는 바람에 최한석 헌터님도 손을 대지 못하고 있습니다."

헤슬링은 S급 상위 티어에 속하는 마물일 뿐만 아니라 대형 보정까지 받기 때문에 차원 관문을 3개 파괴하면서 마력을 상당량 소진한 한석이 상대하기에는 무리가 있었을 것이다.

"헬기 불러주세요."

"네……?"

조사관은 성준의 말을 바로 이해하지 못했다. 덕분에 성준은 귀찮게도 '설명'을 해야만 했다.

"제가 헤슬링을 처리하겠습니다. 그러니까 헬기 불러주세요."

전력 질주로 이동하는 방법도 있지만 체력 소모도 있고 여러 면에서 헬기를 이용하는 게 편했다.

"알겠습니다. 즉시 헬기를 요청하겠습니다."

다른 S급 헌터들은 차원 관문을 처리하느라 마력 소모가 심한 상태였다. 그런 상황에서 골치 아픈 헤슬링을 처리해 준다고 하니 관리국 입장에서는 두 손을 들고 반길 만한 상황이었다.

조사관은 즉시 대기 중인 헬기를 요청했다. 얼마 지나지 않아서 헬기 편대가 도착했다. 1기의 수송 헬기를 6기의 공격 헬기가 호위하고 있었다.

성준이 헬기에 탑승하자 준열이 황급히 달려왔다.

"강성준 씨! 저도 함께하겠습니다."

"마력이 충분하지 않을 겁니다. 그리고 다른 곳에 차원 관문이 열릴 수도 있으니까 쉬고 있으세요."

성준은 그렇게 말한 뒤, 조종석 쪽으로 시선을 옮겼다.

"출발해 주세요."

헬기 편대가 출발했다. 목적지는 용산구의 차원 관문이었다. 도착까지 긴 시간이 걸리지 않았다.

공격 헬기 편대가 미사일을 쏘고 기관포를 발사하며 주의를 끄는 동안 성준을 태운 수송 헬기가 고도를 낮췄다.

어느 정도 안전한 높이가 되자 성준은 힘차게 뛰어 내리며 반지 형태의 '로엘'에 마력을 불어 넣었다.

"변형."

반지가 검이 되었다. 헬기 편대의 등장에 몰려온 리빙 아머들이 성준을 향해 무기를 겨눴다.

-종족 연합 중에서도 용족의 문장입니다. 소속된 가문은 모르겠군요.

리빙 아머의 흉갑에 새겨진 문장을 알아본 리슈발트가 설명했다. 용족은 수가 적기 때문에 군대의 주력을 리빙 아머로 유지하고 있는 가문이 많았다.

리빙 아머들의 상대는 어렵지 않았다. 공략이 까다로운 마물이라고는 하지만 그래도 B급에 불과하다. 성준의 상대가 될 정도는 아니었다.

21기의 리빙 아머들이 10초를 버티지 못했다. 성준은 계속해서 몰려오는 리빙 아머들을 격파하고 끝내 헤슬링의 앞에 도달할 수 있었다.

"환영한다. 이계인."

용족 마검사가 성준의 앞을 막아섰다. 그의 어깨 너머로 누군가 헤슬링과 싸우고 있는 모습이 보였다. 공격 마법을 펼치는 실력으로 볼 때 S급 헌터가 분명했다.

-최한석인 것 같습니다.

리슈발트가 말했다. 성준의 눈동자가 빛났다. 헤슬링을 뺏기면 MVP도 뺏기게 되는 것이었다. 성준은 이를 악물었다. 하지만 차분한 표정으로 두 눈을 빛냈다.

"비켜라……."

"뭐라고?"

"방해되니까."

검이 휘둘러졌다. 용족 마검사가 정신을 차렸을 땐 그의 두 팔이 잘려 나가고 있었다. 잘린 두 팔이 바닥에 떨어지기도 전에 성준은 검을 회수하고 연격을 준비했다.

"자, 잠깐……."

그는 이계어로 다급하게 뭔가를 말하려고 했지만, 성준의 얼굴에서 자비의 빛은 찾아볼 수 없었다.

날렵하게 휘두른 검이 용족 마검사의 목을 쳤다. 그는 비명조차 지르지 못했다. 잘린 머리가 바닥에 떨어졌을 때 이미 성준은 헤를링과의 거리를 좁히고 있었다.

"크학!"

동시에 헤를링과의 마법전에서 패배한 한석이 뒤로 날아가 두꺼운 벽에 처박혔다.

"크, 크윽…… 무리였나……?"

한석은 고통에 찬 신음을 흘렸다. 마력이 많이 남지 않은 상태에서 무리했다는 생각이 들었다. 충격파를 맞고 날아갈 때 마법으로 속도를 줄였음에도 움직이는 데 중요한 역할을 하는 뼈 대부분이 박살 났다.

"다쳤습니까?"

한석은 목소리가 들리는 방향으로 고개를 돌렸다. 그곳에 성준이 서 있었다.

"정당방…… 위…… 강성준?"

"절 아십니까?"

"대한민국 최초이자 유일의 SS급 헌터를 모를 리가 있나……."

밀려오는 고통 탓에 한석은 힘겹게 말을 이어갔다. 대한민국에서 성준은 유명인사였다. 그는 헤즐링을 향해 시선을 고정한 채 입을 열었다.

"뒤를 부탁해도 되겠나? 빚은 반드시 갚겠다."

한석이 말했다. 그는 성준이 도와주지 않을 것이라 생각했다. '정당방위'라는 별명을 얻게 된 배경이 있는 탓에 성준의 이미지는 헌터들 사이에서 좋은 편은 아니었다.

"분명히 빚은 갚는다고 했습니다."

"난 한 입으로 두말하지 않아."

"저도 마력이 아슬아슬하니까 헤즐링을 처리하고 '치유'해 드리겠습니다."

마력이 부족하다는 것은 한석의 개입을 막으려는 핑계였다. 회복시켜 주면 바로 합류할 게 뻔했다. 다행히 한석은 성준의 변명을 납득하고 고개를 끄덕였다.

"나 하나쯤은 지킬 수 있으니까 걱정은 하지 않아도 좋다."

한석은 자신감 넘치는 목소리로 말했다. 뼈가 박살 나서 제대로 움직일 수는 없는 상황이었지만 캐스팅은 가능했다.

"주변은 정리하고 가겠습니다."

용족 다섯이 다가오고 있었다. 성준은 말을 끝내기 무섭게 그들을 향해 고속 이동술을 펼쳐 거리를 좁혔다.

용족 다섯의 머리가 날아갔다. 그리고 성준은 헤즐링을 향해 고개를 돌렸다. 헤슬링도 성준을 주시하고 있었다. 발톱 끝으로 허공에 마법진을 그리고 있었는데 대마법이 분명했다.

"이런!"

성준은 견제를 위해 서둘러 눈에 마력을 끌어 올리며 입을 열었다.

"석화!"

헤슬링을 노리고 붉은 광선이 쏘아졌다. 헤슬링은 대마법의 캐스팅을 중단하지 않은 채 방어 마법을 완성했다.

생성된 마법 방패가 광선을 방어했다.

-더블 캐스팅입니다!

리슈발트가 말했다.

헤슬링의 실력이 생각보다 뛰어났기 때문에 방심할 수 없었다. 이윽고 대마법이 완성되었다.

-마법진 완성! 디멘션 커터! 대마법입니다!

리슈발트의 경고에 성준은 '블링크'를 사용할 생각을 버릴 수밖에 없었다. '디멘션 커터'는 차원을 잘라 버리는 대마법이었다.

찢겨진 차원에서는 마력 폭풍이 휘몰아친다. 차원에 간섭하기 때문에 단거리 차원 도약 마법인 '블링크'로도 회피가 불가능했다.

보이지 않는 마법의 칼날이 성준을 노렸다. 성준은 차원마저 찢어버리는 마법의 칼날을 회피하는 것에 성공했다.

하지만 차원이 찢어지자 검은 심연이 모습을 드러냈다. 그 속에서 온갖 종류의 저주를 머금은 마력 폭풍이 휘몰아쳤다.

-주군!

리슈발트가 외쳤다. 성준은 목걸이, '용의 가호'에 마력을 불어 넣으며 입을 열었다.

"실드."

목걸이에 박혀 있는 붉은 보석이 마력을 받아들이면서 밝은 빛을 발산했다. 성준의 주위로 마력 역장이 생성되어 그를 보호했다.

디멘션 커터에서 마법의 칼날은 대마법 수준의 공격력을 가지고 있었지만, 차원이 찢어지면서 불어닥치는 마력 폭풍은 고위 마법 수준이었기 때문에 '용의 가호'의 '실드'로 막을 수 있었다.

-헤슬링이 공격 마법을 캐스팅하고 있습니다.

대마법을 완성했을 때 이미 2번째 공격 마법을 캐스팅하고 있었다. 날카로운 발톱으로 허공에 그린 마법진이 완성되자 하늘에서 화염이 쏟아지고 지상에서는 용암이 솟구쳤다.

고위 마법 '인페르노'였다.

'공격 목적은 아냐. 시선 교란이네.'

성준은 침착하게 상황을 판단했다. 성준이 실드로 마력 폭풍을 견뎌낸 것을 보지 못했을 리가 없었다. 고위 마법이 통하지 않는다는 것을 인지한 상태에서 사용했다는 것은 피해를 입힐 목적이 아니라는 것을 의미했다.

아니나 다를까 '인페르노'로 인한 화염과 용암이 성준의 시선을 교란하는 동안 헤슬링은 하늘로 날아올라 성준을 노려보고 있었다. 입가에서는 냉기가 흘러나오고 있었다.

-주군! 브레스입니다!

리슈발트가 경고했다. 입가에 밀집되고 있는 농도 깊은 마력은 다가올 브레스를 경고하고 있었다.

'얼음 속성……!'

'용의 가호'에는 화염 저항 옵션이 붙어 있었지만 유감스럽게도 헤슬링의 입 주변에서는 냉기가 느껴졌다.

'블링크'를 사용하기에는 아직 차원이 불안정했고 고속 이동술을 펼치기에는 인페르노 때문에 주변이 불바다였다.

용의 가호의 '실드'로 버티는 수밖에 없다. 평범한 헌터라면 그렇게 생각할 것이다. 하지만 성준은 '평범한 헌터'가 아니었다.

'최선의 방어는 공격!'

그는 헤슬링을 향해 힘차게 뛰어올랐다. SS급 헌터답게 한 번의 도약으로 헤슬링과의 거리가 무서운 속도로 줄어들었다.

"저러다 죽을 텐데……."

멀리서 지켜보고 있던 한석은 혀를 찼다. 그는 S급 마법계 헌터였기 때문에 마법의 힘을 빌려서 미약하게나마 성준의 움직임을 파악할 수 있었다.

공중에서는 방향을 틀 수 없다. 그래서 비행하는 마물을 사냥할 때는 지상으로 유인하는 게 상책이었다.

하지만 성준은 그것을 깨고 직선으로 거리를 좁혔고 결국 보기 좋게 브레스의 표적이 되었다.

"크윽!"

급히 몸을 틀었지만, 날개가 없는 그는 공중에서의 회피에 한계가 있었다. 왼쪽 손가락 일부가 아이스 브레스에 고스란히 노출되었다.

손가락이 얼어붙는 것에서 끝나지 않았다. 냉기는 전염되었다. 순식간에 팔꿈치까지 얼어붙었지만, 성준은 당황하지 않았다.

"예상했다!"

그는 조금의 망설임도 없이 오러가 깃든 검으로 왼팔을 날라냈다. 끔찍한 고통이 밀려 왔지만 이를 악물고 참았다. 전생에는 더 심한 고통도 겪어 봤었다.

팔을 잘라내자 냉기의 전염이 멈췄다. 잘린 팔에서 느껴지는 고통에 미칠 것 같았지만 성준은 냉정함을 잃지 않았다. 그는 재빨리 검을 집어넣고 상처 부위를 향해 오른손을 가져갔다.

"힐!"

S급 회복계 헌터의 힐은 절단된 팔도 재생시킨다. SS급 회복

계 헌터의 힐은 절단된 팔의 재생 속도조차 매우 빠르다. 순식간에 팔이 재생되었다. 고통도 사라졌다.

성준은 왼팔을 가볍게 휘두르는 것으로 멀쩡한 것을 확인하고는 오른손으로 다시 검을 뽑았다.

그리고 헤슬링과의 거리가 어느 정도 좁혀졌다고 판단된 순간 성준은 마력을 끌어 올렸다.

"환영검!"

참검을 사용하기에는 마력이 부족했다. 어떻게든 이것으로 치명상을 입히지 못한다면 성준에게 상황이 불리하게 돌아갈 것이다.

'흡수'로 회복한다고는 하지만 이미 그는 상당량의 체력과 마력을 소모한 상태였다.

-키에에에에엑!

헤슬링은 다급하게 다중 방어 마법을 펼쳤지만 31개의 환영검을 모두 막지는 못했다. 헤슬링은 비명과 함께 붉은 피를 흩뿌렸다.

왼쪽 날개에 치명상을 입은 탓에 몸체가 불안하게 기울었다. 제대로 된 정지 비행이 불가능해진 것이었다.

성준은 헤슬링의 등에 올라탔다. 그리고 단검을 뽑아서 마구 찔렀다. 헤슬링의 가죽은 두껍고 마법 저항력까지 있었지만 '오러' 앞에서는 무용지물이었다.

-키에에에엑!

헤츨링은 고통에 찬 울음을 토해내며 마구 몸을 비틀었다. 하지만 날개가 치명상을 입은 상태에서는 추락만 가속화될 뿐이었다.

콰앙!

헤츨링의 몸이 지면에 충돌했다. 추락하기 전에 감속 마법을 사용한 것 같았지만 충격은 무시하지 못할 정도였다. 성준은 충돌 직전에 옆으로 몸을 날려 충격에서 회피했다.

-주군!

"알고 있어!"

리슈발트가 위험을 경고했다. 성준도 마력 반응을 느끼고 황급히 검을 휘둘렀다. 그를 노리고 날아오던 5개의 파이어 스피어가 성준이 휘두른 검에 맞고 소멸했다.

"석화!"

성준은 석화 저주가 깃든 광선을 발사하는 것으로 반격했다. 붉은 광선이 허공을 가로질렀다.

헤츨링은 전신이 피범벅이 될 정도로 치명상을 입은 상태였다. 그래서 석화 광선에 제대로 대응하지 못했다. 급히 회피를 시도했지만 오른쪽 날개에 붉은 광선이 명중했다.

-캬하아아아악!

헤츨링은 바람의 칼날을 소환하여 오른쪽 날개를 잘라냈

다. 석화된 부분이 바닥에 떨어져 날카로운 소리와 함께 처참하게 박살 났다. 성준은 헤슬링을 노려보며 검을 들어 올렸다.

-기술을 사용하기엔 마력이 부족합니다.

"남은 오러의 지속 시간은?"

성준이 물었다. 리슈발트는 성준의 마력 잔량과 회복 속도를 체크 하면서 오러의 소모 마력을 떠올렸다.

-기사 여단의 '반지'와 '목걸이'의 보정으로도 30초가 한계입니다.

"그 정도면 충분해."

기술의 사용도 불가능하고 오러 지속 시간도 얼마 남지 않았지만, 성준의 얼굴에는 여유가 가득했다. 그는 고속 이동술을 펼쳐 헤슬링과의 거리를 일순간 좁히며 검을 휘둘렀다.

-크아아아!

헤슬링도 한석과의 전투를 먼저 치른 탓에 많이 지쳐 있었다. 방어 마법도 전개하지 못하고 성준을 향해 적대적인 포효를 내뱉을 뿐이었다. 피범벅이 된 너덜너덜한 몸으로 포효해 보았자 그것은 절규에 가까웠다. 결코 위협적이지 않았다.

성준은 두려움에 떠는 헤슬링에게 깊숙이 파고들었다. 휘둘러진 검은 헤슬링의 목에 깊은 상처를 남겼다. 그의 검격에 자비는 없었다.

-끄르르륵!

피분수가 새어 나왔다. 성준의 얼굴에도 붉은 피가 튀었다. 성준은 계속해서 헤슬링의 흉부에 검을 찔러 넣었다. 가슴에 검이 박히자 헤슬링은 부르르 몸을 떨다가 힘없이 쓰러졌다.

-훌륭한 마무리였습니다. 14초 걸렸습니다.

리슈발트가 감탄했다. 성준도 20초 정도를 예상했었기에 생각보다 빨리 끝냈다는 사실에 그의 입가에 미소가 번졌다.

"흡수."

그는 헤슬링의 시체에서 체력과 마력을 흡수했다. 적지 않은 양이 회복되었다. 성준은 차원 관문을 향해 발걸음을 옮겼다.

남아 있던 용족 몇 명이 막아섰지만, 성준의 상대가 되지는 못했다. 그들을 모두 죽이고 차원 관문을 유지하는 수정을 파괴했다.

-마물들이 역소환되고 있습니다.

차원 관문이 파괴되었다. '이것'을 통해 지구로 진입한 모든 마물들이 역소환되었다. 성준의 입가에 미소가 번졌다.

이것으로 MVP가 될 확률이 높아졌다. 그가 '로엘'을 '반지' 형태로 변형시킨 뒤, 발걸음을 옮기려던 순간이었다.

"나, 날 잊으면 안 돼!"

멀지 않은 곳에서 한석의 다급한 목소리가 들려왔다.

'귀찮긴 하지만 어쩔 수 없지.'

성준은 쓰러져 있는 한석에게 다가갔다. 그리고 왼손을 뻗으며 입을 열었다.

"힐."

"큭……!"

단 한 번의 힐로 부상이 완벽하게 치유되었다. 한석은 짧은
신음을 흘리며 일어났다. 그리고 몸 상태를 살폈다.

"이게 SS급 회복계의 '힐'인가……? 역시 대단해."

그는 진심으로 감탄했다.

"반드시 보답하겠다."

"무엇이든?"

"무엇이든 상관없다. 내가 할 수 있는 것이라면."

한석의 대답에 성준은 싸늘한 미소를 머금었다.

7장
대한민국 최강의 길드

"워, 원하는 게 뭐냐?"

성준의 입가에 번지는 싸늘한 미소를 본 한석의 얼굴이 굳었다. 그는 자신이 말한 것은 반드시 지켜야만 하는 강박증이 있었다. 뭐든지 하겠다는 말을 한 것을 후회했지만 이미 늦었다.

"대한민국 S급 랭킹 1위 최한석 씨가 거짓말을 했을 리는 없겠죠?"

성준이 말했다. 가볍게 말하는 것처럼 보였지만 사실은 한석을 압박하고 있는 것이었다.

한석은 자신의 발언을 후회했다. 그는 마른침을 삼키며 입을 열었다.

"물론이다. 내 목숨을 구해줬으니까."

성준은 어차피 구해줄 생각이었지만 S급 이상의 헌터 중에
는 워낙 괴짜가 많은 탓에 한석은 성준이 대가를 원할 것이라
고 지레짐작했던 것이었다. 한석의 작은 오해는 성준에게 유리
한 상황을 만들어주었다.

"뭐든지?"

"그래!"

한석의 대답에 성준은 입꼬리를 끌어 올렸다. 대한민국 S급
랭킹 1위인 한석의 자존심 문제도 있기 때문에 무리한 것은 요
구할 생각이 없었다.

"저희 길드에 들어오세요."

"기, 길드?"

한석이 예상하지 못한 제안이었다. 성준은 고개를 끄덕이며
다시 입을 열었다.

"네. 최한석 씨는 정규 공략팀이나 길드 소속이 아닌 걸로
알고 있는데…… 제가 틀렸습니까?"

S급 헌터 중에서는 은주나 하연처럼 소속이 있는 경우도 있
지만, 한석처럼 자유롭게 행동하는 이들도 적지 않았다. 성준
은 한석이 무소속이라는 사실을 얼마 전에 헌터 닷컴을 통해
알게 되었다.

"그, 그건 아니지만…… 자네가 길드를 만들었다는 것은 모
르고 있었어."

성준이 길드를 등록했다는 사실은 웬만한 사람들은 알 정도로 소문이 퍼져 있었지만, 남들의 일에 관심이 없는 한석 같은 경우에는 모르는 것도 이상하지 않았다.

"길드 가입할 생각이 없는 건 아니죠? 최한석 씨는 한 입으로 두말하는 성격이 아니잖아요. 그렇죠?"

"물론이다! 여기 내 번호다. 못 믿겠으면 나중에 연락하고 '서류' 보내! 바로 작성할 테니까!"

한석이 말했다. 성준은 입꼬리를 끌어 올렸다. 예상한 것은 아니었지만 한석은 40대라는 나이와 어울리지 않게 단순한 성격이 확실했다.

"알겠습니다. 나중에 다시 연락하겠습니다."

성준이 대답했다.

바람을 찢는 소리와 함께 하늘에서 수송 헬기 2대가 착륙했다. 관리국에서 보낸 마정석 회수를 위한 인원들이었다. 조사관도 2명 섞여 있었다. 한 명은 차트에 뭔가를 기록하고 있었고 다른 한 명은 성준과 한석을 발견하고는 서둘러 달려왔다.

"강성준 헌터님, 그리고 최한석 헌터님이시지요?"

조사관의 물음에 두 사람은 고개를 끄덕였다.

"두 분의 활약은 관측팀을 통해 상부에 보고되었습니다."

레이드 상황이 발생하면 관리국에서는 관측 인원을 파견한다. 그들이 수집한 정보는 MVP 확정 말고도 던전 레이드와 관련된 여러 연구를 진행하는 데 사용된다.

"MVP는 누구입니까?"

"현재로서는 강성준 헌터님이 가장 유력합니다."

만족스러운 대답이었다. 성준은 입가의 입가에 미소가 번졌다.

"다른 곳의 레이드 상황도 거의 다 정리되었습니다."

"그럼 집에 가도 되는 건가?"

한석이 조사관을 보며 물었다.

"물론입니다. 두 분께는 관리국에서 이동 수단을 제공해 드리겠습니다."

"나는 헬기로 부탁한다."

"알겠습니다. 이쪽으로 오시지요."

한석은 조사관의 안내를 받아 수송 헬기로 향했다. 그러다 발걸음을 멈추고 성준을 향해 고개를 돌렸다.

"꼭 연락해! 나는 약속 같은 거 어기는 사람 아니니까!"

그러면서 손을 흔들며 멀어졌다. 그의 뒷모습을 바라보고 있던 성준에게도 다른 조사관이 다가와 입을 열었다.

"강성준 헌터님! 차량이 준비되었습니다. 자택까지 안전하게 모시겠습니다."

"아…… 감사합니다."

성준은 조사관과 함께 헌터 세단에 탑승했다. 성준이 주소를 불러주자 조사관이 운전대를 잡았다. 헌터 세단은 성준의 저택을 향해 달리기 시작했다. 성준은 창문 너머로 시선을 옮겼다. 무너진 건물이 심심치 않게 보였다.

"피해가 심한 모양이네요."

"이렇게 규모가 큰 레이드 상황은 처음이라서요. 그래도 강성준 헌터님 덕분에 피해가 많이 줄었습니다. 헌터님이 서울을 구했다고 해도 과장이 아닙니다."

조사관은 성준은 치켜세워 주었다. 성준도 기분이 나쁘지 않은 것인지 입가에 미소가 번지고 있었다.

"도착했습니다."

짧은 대화를 나누는 사이에 성준이 헌터 세단을 주차해놓은 곳에 도착했다. 조사관이 이 사실을 알리자 성준은 문을 열고 차에서 내렸다. 조사관은 운전석 창문을 내리며 입을 열었다.

"이번 레이드 상황은 규모가 커서 정산 집계까지 시간이 꽤걸릴 겁니다. 일주일까지 생각하셔야 할 겁니다."

"천천히 해도 되니까 확실하게 처리해 주세요."

"알겠습니다. 그럼 조심히 들어가세요."

성준이 고개를 끄덕이자 조사관이 탄 차가 출발했다. 성준은 주차해놓은 자신의 헌터 세단으로 발걸음을 옮겼다. 레이드 상황 때문에 난리가 났었지만, 손상을 입지는 않은 듯 보였다.

"그래도 점검을 한번 받아봐야겠네."

성준은 혼잣말과 함께 운전석에 탑승했다. 그리고 저택으로 이동했다. 저택 근처에도 웨이브가 몰려왔던 것인지 바닥에 마정석이 굴러다니고 있었다.

관리국 직원들이 마정석을 루팅하는 모습이 보였다. 전투의 흔적도 찾아볼 수 있었지만, 팀원들이 잘 해결한 것인지 저택 쪽에는 피해가 거의 없어 보였다.

성준의 차량이 접근하자 저택으로 들어가는 대문이 열렸다. 성준은 차고에 주차를 끝내고는 헌터 세단에서 내렸다.

"돌아오셨습니까?"

제로스가 달려왔다. 성준은 그를 통해 저택이 입은 피해를 보고받았다. 방어 설비가 몇 개 망가지기는 했지만, 다행히 인명 피해는 없었다.

"박정철 씨는?"

"복구 작업을 감독하고 있습니다."

제로스가 대답했다. 성준은 만족스러운 표정으로 고개를 끄덕였다. 역시 정철이 따로 시키지 않아도 일을 잘했다.

"내일까지 쉴 거니까, 특별한 일 없으면 방해하지 마."

"알겠습니다."

"수고해."

성준은 침실로 올라가 몸을 던졌다. 그리고 깊은 잠에 빠졌다.

다음날 오전 8시에 눈을 뜬 성준은 샤워를 끝낸 후 스마트 폰을 집어 들었다. 왼손에는 한석이 연락처를 적어준 메모장을 들고 있었다. 메모장에 적혀 있는 번호로 전화를 걸었다. 신호 대기음이 울리더니 얼마 지나지 않아서 누군가 전화를 받았다.

-강성준이냐?

"제 번호를 알고 있었습니까?"

-아니, 딱히 전화할 사람이 자네밖에 없어서.

한석의 인간관계가 좋지 않다는 것을 짐작할 수 있는 대답이었다.

'S급 이상의 헌터들은 어딘가 결여되어 있다고 하는 게 사실이었네…….'

성준은 짧은 한숨과 함께 고개를 저었다.

-전화를 했으면 말을 해.

"주소 부를 테니까, 이쪽으로 오세요. 길드 가입에 필요한 서류를 준비해 두겠습니다."

-뭐어? 나보고 그쪽으로 오라는 말이야?

"그럼 제가 가야 합니까? 지금 한 입으로 두말하는 거예요?"

먼저 빚을 갚겠다고 말한 쪽은 한석이었다. 성준이 강하게 나서자 한석도 할 말이 없는 것인지 짧은 한숨 소리가 스마트 폰을 통해 전달되었다.

-메시지로 주소 보내. 바로 가겠다.

한석은 자기가 한 말은 반드시 지켜야만 하는 강박 관념을 가지고 있는 단순한 성격을 가진 헌터였다. 단숨에 일을 진행하는 것으로 보아 투덜거리기는 했지만 이미 성준의 길드에 들어가는 것으로 생각을 굳힌 모양이었다.

"기다리고 있겠습니다."

-그건 그렇고 저택에 헬기 착륙장은 있지?

"착륙할 만한 공간은 있습니다. 헬기 타고 오시려고요?"

-그래. 기다리고 있어.

통화가 끝나고 성준은 한석에게 주소를 메시지를 통해 전송했다. 그리고 얼마 지나지 않아서 한석으로부터 답장이 도착했다.

[지금 가고 있다. 헬기 타고.]

짧지만 강렬한 느낌이 전해지는 메시지였다. 성준은 정철과 함께 서류를 챙긴 뒤, 저택 뒤쪽의 넓은 공터로 향했다.

다시 한번 살펴봤지만, 헬기가 착륙하기엔 충분한 공간이 확보되어 있었다.

-헬기가 접근 중입니다.

리슈발트가 말했다. 바람 찢는 소리와 함께 헬기가 천천히 고도를 낮추고 있었다.

착륙장은 따로 마련되어 있지 않았지만, 공터에는 장애물 같은 게 없어서 조종사는 어렵지 않게 헬기를 착륙시킬 수 있었다.

프로펠러가 정지하자 도어가 열리면서 한석이 내렸다. 그는 처음 봤을 때와 같은 검은 로브를 입고 있었다. 아이템으로 보였다.

"서류는 준비되어 있나?"

한석의 물음에 성준은 대답 대신 정철을 향해 고개를 돌렸다. 그는 작은 서류 가방을 들고 있었는데 안에는 길드 가입에 필요한 서류와 펜이 들어 있었다.

"준비되어 있습니다. 응접실로 이동하시겠습니까?"

정철은 고위층을 많이 상대해 본 경험이 있어서 자존심 강한 이들을 어떻게 대해야 하는지 잘 알고 있었다.

"그게 좋을 것 같군."

"가시죠."

정철은 한석과 함께 먼저 응접실로 향했다. 성준은 헬기를 구경하다가 한발 늦게 뒤따라갔다.

이윽고 도착한 응접실 문 앞에서 그는 정철의 곤란해하는 목소리를 들을 수 있었다.

"그건 조금 곤란합니다……."

"왜 곤란하지?"

"길드장님의 승인을 받지 못했거든요."

"그럼 승인을 받으면 되는 거 아닌가?"

다투는 듯한 소리가 들렸기에 성준은 방문을 열고 안으로 들어갔다. 그러자 언쟁이 잠시 중단되었고 두 사람의 시선이 성준에게 집중되었다.

"무슨 일입니까?"

정철은 한숨을 내쉬더니 성준의 곁으로 다가가 입을 열었다.

"길드세 비율을 조정해 달라고 하셔서요. 조금 곤란하게 된 것 같습니다."

아주 작은 소리였지만 S급 마법계 헌터인 한석의 귀에 충분히 들릴 만했다.

성준은 기분이 확 나빠졌다. 먼저 빚을 갚겠다고 말한 것은 한석이었다.

그런데 길드세 비율 조정을 요구하는 것을 보니 막상 생각해 보니까 이득을 취하고 싶었던 모양이었다.

"뭐 잘못된 거라도 있나? 내가 한 말은 분명히 지키고 있다고?"

한석의 기분 나쁜 미소를 본 순간 성준은 어이가 없다는 생각이 들었다.

-기선 제압이 필요할 것 같습니다. 말 안 듣는 개한테는 채찍이 약입니다.

리슈발트가 말했다. 고개를 끄덕이지는 않았지만, 성준도 동의했다. 그는 곧바로 행동에 나섰다. 살기를 흩뿌리며 그의 배후를 장악했다.

"변형."

정철은 빠르게 반응했다. 설명은 없었지만, 성준이 살기를 흩뿌리기 그는 무언가 잘못되었다는 것을 깨닫고 '반지'를 '창'으로 변형시켰다.

"소환."

한석 또한 배후의 기척을 느끼고 스태프를 소환했다.

그는 공격 마법과 방어 마법을 더블 캐스팅했지만 이미 검으로 변형된 '로엘'의 칼날 끝이 목 뒤를 지그시 누르고 있었다.

"착각하지 마."

성준의 말투에서는 더 이상 한석에 대한 존중 같은 것을 찾아볼 수 없었다. 이제 한석의 태도에 따라서 성준의 칼날이 향할 곳이 정해질 것이다.

"먼저 빚을 갚겠다고 입을 놀린 건 너다."

'SS급 헌터와의 격차가 설마 이 정도일 줄이야……'

목덜미에 닿은 칼날의 서늘함과 모든 것을 베어 버릴 것만 같은 날이 서 있는 목소리에 한석은 곧바로 자신의 오만함을 후회했다.

조금이라도 빈틈이 보이면 블링크를 캐스팅할 수 있겠지만 성준은 철벽과도 같았다. 빈틈은 없었다. 이대로라면 마력을 끌어 올리는 순간 성준의 검이 한석의 목을 꿰뚫을 것이 분명했다.

"자, 잠깐…… 말로 하……."

"말이 조금 짧은 것 같은데?"

"강성준 씨. 말로 해주세요. 부탁드리겠습니다."

성준의 서슬 퍼런 경고에 한석은 즉시 말을 높였다. 지금 칼자루를 손에 쥐고 있는 사람은 성준이었다.

그는 더욱 강한 경고를 남기기 위해 오러가 깃든 검을 앞으로 전진시켰다. 칼날이 목덜미에 조금 파고들자 핏물이 튀었다.

"크윽!"

"지금 네가 무슨 말을 해야 하는지 알고 있을 거라고 믿는다."

차가운 목소리가 날카로운 단검이 되어 폐부를 찌르는 것만 같았다. 긴장이 고조되고 숨소리마저 힘겹게 떨려 오는 것이 느껴졌다.

-역시 주제도 모르는 미친개한테는 몽둥이가 약이죠.

모든 것을 지켜보고 있던 리슈발트는 흐뭇한 표정으로 고개를 끄덕이고 있었다. 그는 언제나 성준을 최우선으로 생각했다.

그는 누군가 성준을 모욕하는 모습을 보면 견디지 못했다. 마음 같아서는 검으로 참수하고 싶은 심정이었지만 육체가 없으니 불가능했다.

-주군. '충성의 룬'을 사용하는 것은 어떻겠습니까? 제로스 경이라면 하나 정도 가지고 있을 겁니다.

리슈발트는 동의만 있으면 절대적인 주종 관계를 성립시킬 수 있는 마법석인 '충성의 룬'의 사용을 제안했다. 그의 말대로 마도학자인 제로스라면 가지고 있을 법했다.

"박정철 씨? 제로스를 불러주시겠습니까?"

"예? 알겠습니다."

정철은 한석을 겨누고 있던 창을 거두고 제로스를 찾기 위해 응접실을 나섰다. 그가 자리를 비우고 5분의 시간이 흘렀다.

한석에게는 마치 5시간처럼 길게 느껴졌다. 그리고 다시 3분 정도 지났을 때 문이 열리고 제로스가 들어왔다.

"이런 상황이었군요."

정철에게 간단한 설명을 들은 것인지 크게 당황한 모습을 보이지는 않았다. 대신 한석을 향해 흥미로운 시선을 보냈다.

"이곳의 헌터들은 겁이 없는 모양입니다. SS급을 상대로……."

제로스는 끝을 흐렸지만 뒤에 이어 붙일 말은 충분히 예상 가능했다.

"저를 부르신 것을 보니 필요한 게 있으신 것 같군요."

"잘 알고 있네."

성준은 대답과 함께 정철에게 시선을 보냈다.

"잠시 나가 있겠습니다."

성준의 시선에 담긴 의미를 알아챘다. 그는 비밀스러운 일이 진행될 것을 직감하고는 서둘러 응접실을 떠났다. 그는 눈치가 빠른 편이었다. 그래서 치열한 업계에서 생존할 수 있었다.

정철의 기척이 응접실에서 멀어진 것을 확인한 성준은 제로스를 보며 입을 열었다.

"'충성의 룬' 가지고 있지?"

"차원 주머니에 몇 개 있을 겁니다."

예상대로 제로스는 '충성의 룬'을 가지고 있었다. 그는 대부분의 마도구나 재료를 가지고 다녔다. 차원 주머니의 용량이 크기 때문에 가능했다.

"하나 필요할 것 같아."

"기꺼이 내어 드리겠습니다."

제로스는 미소와 함께 대답했다. 두 사람의 대화를 듣고 있는 한석은 혼란스러웠다. '충성의 룬' 같은 아이템은 들어본 적이 없기 때문이었다.

당연한 반응이었다. '충성의 룬'은 이계의 것이었기 때문에 지구에는 존재하지 않았다.

"여기 있습니다."

제로스는 차원 주머니에서 '충성의 룬'을 꺼냈다. 그것을 받아든 성준은 입꼬리를 끌어 올렸다.

이제 한석이 '협조'만 해준다면 S급 마법계 헌터를 충직한 부하로 부릴 수 있게 된다.

성준은 충성의 룬에 마력을 주입했다. 군주가 될 사람이 먼저 마력을 주입하는 게 일반적이었다. 그리고 종자가 마력을 '주입'하면서 충성을 맹세하면 충성의 룬이 파괴될 때까지 주종 관계가 성립된다.

남용으로 인해 이계에서도 사용이 금지된 마도구였지만 제로스는 몰래 몇 개 가지고 나왔던 것이었다.

"최한석. 지금부터 내가 설명하는 거 잘 들어."

성준은 '충성의 룬' 사용법에 대해 간략하게 설명했다.

"무슨 그런 판타지 같은……."

"이대로 죽고 싶다는 말이지?"

성준의 말에 한석은 이를 악물었다. 성준은 검을 미세하게 전진하는 것으로 한석을 압박했다. 설명대로라면 이것을 받아들이는 순간, 영원한 그의 부하가 되는 것이었다. 쉽게 믿기지 않았지만, 성준이 거짓말하는 것 같지는 않았다.

고민이 될 수밖에 없었다. 하지만 그런데도 살고 싶은 마음이 앞서고 있었다. 1분의 깊은 고민 끝에 결정을 내린 한석은 한결 차분해진 표정으로 입을 열었다.

"하, 하겠습니다……."

한석의 대답을 들은 성준의 입가에 미소가 번졌다. 그는 말없이 충성의 룬을 건넸다.

"충성을 맹세합니다."

마력을 주입하며 시동어를 내뱉자 '충성의 룬'이 두 사람의 마력을 기억하면서 주종 관계가 성립되었다. 지금 당장은 느끼지 못하겠지만, 한석이 주군인 성준의 명령을 거역하려고 하면 '충성의 룬'에 의한 간섭이 있을 것이다.

"다시 줘."

"알겠습니다."

성준은 한석에게서 충성의 룬을 회수해서 차원 주머니에 넣었다. 충성의 룬이 파괴되면 주종 관계도 효력이 사라지지만 차원 주머니에 보관하니까 그럴 일은 없을 것이다.

"힐."

충직한 부하가 되었으니 검을 거두며 목에 생긴 상처를 치유해 주었다.

"앉아."

"알겠습니다."

한석은 성준의 말에 얌전히 따랐다. 제로스는 벽쪽에 기대어 서서 재밌다는 표정으로 구경하고 있었다.

한석이 의자에 앉자 성준도 그의 앞에 앉았다. 그러고는 정철이 놓고 간 서류를 내밀었다.

"이제 다시 작성해 볼까?"

길드 가입 신청에 필요한 서류였다. 조금 전에는 한석이 무리한 요구를 한 탓에 작성을 중단했지만, 지금은 제대로 이야기를 할 수 있을 것 같았다.

펜을 집어 든 한석의 얼굴은 바위처럼 굳어 있었다. 성준의 말대로 미약한 간섭이 느껴지고 있었다. 이제 길드의 노예가 되어도 반항할 수 없는 몸이었다. 괜히 욕심을 부렸던 게 후회되었지만 엎질러진 물이었다.

"너무 걱정하지 마라. 일반적인 비율을 적용할 생각이야. 노예처럼 부릴 생각은 없어."

"가, 감사합니다."

성준의 말에 한석은 고개를 숙였다. 꼼짝없이 노예에 가까운 생활을 하게 될 것이라 생각했었다. 그런데 일반적인 비율을 적용해준다고 하니 안도감이 들었다. 고마운 감정조차 생겨날 정도였다. 충성의 룬을 사용한 것에 대한 원한이 조금은 희석되었다.

그리고 당연히 그것은 성준의 노림수였다.

"알았으면 빈칸 채워 넣어."

성준이 말했다. 한석은 펜을 바쁘게 움직였다. 협의할 조건이 없어서 서류는 빠르게 작성되었다. 성준은 그것을 제로스에게 넘겼다.

이제 그가 설아에게 전달할 것이다. 한석이 거쳐야 할 절차는 모두 끝났기 때문에 그는 돌아가기 위해 타고 왔던 헬기에 탑승했다.

천천히 이륙하는 헬기를 성준은 자세히 살폈다.

'나도 헬기나 하나 살까?'

문득 든 생각이었다.

한석이 길드 가입 신청서를 작성하고 다음 날 늦은 오후가 되었을 때 설아가 성준을 만나기 위해 저택으로 찾아왔다. 원래는 제로스가 그녀의 사무실에 가서 한석의 가입 신청서를 제출할 예정이었다. 하지만 그녀가 직접 찾아왔으니 성준은 직접 서류를 제출하겠다고 제로스에게 말했다.

"윤설아 씨는?"

제로스의 공방에서 서류를 가지고 나온 성준은 지나가는 신철을 붙잡고 물었다.

조금 전에 그녀가 저택에 도착했다는 연락을 받았지만 제로스와 차원 관문에 관해 이야기할 게 있어서 마중 나가지 못했었다.

"응접실에 계십니다."

"고마워."

신철의 대답에 성준은 고개를 끄덕인 뒤, 발걸음을 옮겼다.

응접실은 여러 곳 있었지만 자주 사용하는 곳은 하나였다. 이윽고 응접실 앞에 도착한 그는 문을 열고 안으로 들어갔다.

설아는 의자에 앉아서 커피를 마시고 있었다.

"오셨어요?"

"생각보다 일찍 오셨네요."

"일이 빨리 끝났어요."

설아는 대답과 함께 커피잔을 내려놓았다. 성준을 보고 있기만 해도 자연스레 미소가 번지는 것을 막을 수 없었다.

"새로운 길드원이 있다고 하셨죠?"

"네. 가입 신청서는 작성하게 했습니다. 헌터 관리국에 등록만 하면 될 것 같은데 마지막으로 윤설아 씨한테 검토를 부탁드리고 싶어서요."

"새로운 길드원이라…… 누군지 궁금해지네요."

로드 길드의 가입을 원하는 헌터들은 많았지만, 성준이 아무나 받지 않는다는 사실을 아는 설아의 눈동자에서는 호기심이 반짝이고 있었다. 그녀는 성준이 건넨 가입 신청서를 집어 들었다.

"세상에! 이거 S급 랭킹 1위 최한석 씨가 직접 작성한 거 맞아요?"

설아는 가입 신청서에 기입된 신상 정보를 읽고는 깜짝 놀랐다. 최한석이라는 이름은 잘 알고 있었다.

그녀는 성준을 보며 질문을 던졌다. 잘못 보았나 싶어서 기입란을 다시 확인해 보았지만, 등급을 적는 곳에 'S'라는 알파벳이 선명하게 적혀 있었다.

"네. 직접 작성했습니다."

"최한석 씨는 오랫동안 길드나 정규 공략팀 없이 행동할 정도로 고집이 센 거로 유명한데…… 어떻게 설득하신 거예요?"

"자세한 건 비밀입니다."

'충성의 룬'을 사용했다고 하면 믿지도 않을 게 분명했기에 성준은 설명을 생략했다.

"가입 신청서에 문제는 없는 거죠?"

"잠시만요."

성준의 물음에 설아는 가입 신청서를 재검토했다. 한석이 로드 길드에 가입 신청서를 작성했다는 사실에 너무 놀라서 제대로 살피지 못한 탓이었다.

"가입 신청서에 문제는 없어요. 그런데 '협박' 같은 걸 한 건 아니죠?"

"상대는 S급 헌터입니다. 협박이 통하겠습니까?"

성준은 대수롭지 않게 말했지만, 설아는 진지한 표정으로 고개를 저었다.

"조금 더 본인의 위치를 알고 계실 필요가 있어요. 지금 대한민국에서 강성준 씨의 협박이 통하지 않을 사람은 없어요."

성준은 대한민국 최초이자 유일의 SS급 헌터였다. 그가 가진 영향력은 대통령을 움직일 수 있을 정도였다. 설아는 성준이 그 사실을 조금 더 인지할 필요가 있다고 생각했다.

"그렇습니까?"

입가에 미소를 머금은 채 고개를 끄덕이는 성준을 보며 설아는 그저 한숨을 내쉴 뿐이었다. 그녀는 잔에 담긴 커피를 한모금 마신 뒤, 다시 입을 열었다.

"그러고 보니 제로스 씨라고 했던가요? 이번에 헌터 등록을 요청하셨죠?"

"잘 처리되었나요?"

"신원이 확실하지 않은 외국인이라서 걱정하기는 했는데 강성준 씨 영향력 때문인지 문제없이 통과된 것 같아요."

"다행이네요."

"등급은 A급이에요."

설아의 말에 성준은 고개를 끄덕였다. 제로스의 전투력은 A급 판정을 받기에 충분했다.

"문제없이 통과되었다니 다행입니다."

"그나저나 최한석 씨가 길드원이 되면 레이팅 점수 총합이 상당히 높아지겠는데요?"

"지금보다 더요?"

로드 길드의 점수는 SS급 헌터인 성준의 존재 때문에 등록

되는 순간부터 상위권이었다. 설아는 스마트폰을 꺼내 계산 기능을 사용했다.

"대한민국 길드 최상위권 30위 안에 무난하게 들어갈 수 있을 것 같아요. 미리 축하드립니다."

A급 헌터로 등록된 제로스와 S급 랭킹 1위 헌터 최한석이 공식적으로 합류하면서 로드 길드는 대한민국 길드 랭킹 30위가 되었다.

최상위권에 총원 10명 이하의 소수 정예 길드가 들어간 것은 최초였다.

로드 길드에 가입한 한석은 정철과 함께 B동에서 지내게 되었다. 한석도 성준만큼은 아니지만, 꽤 고급스러운 저택에서 살고 있었다.

그래서 불만이 나올 법했지만 '충성의 룬'은 그런 사소한 문제조차 해결해 주었다.

"다시 봐도 믿기지 않네요. 그 유명한 랭킹 1위가 길드에 들어온 것도 모자라서…… 이 정도라니……."

길드 관련 문제로 성준의 저택을 찾아온 설아는 충직한 부관처럼 성준의 뒤에 부동자세로 시립한 한석의 모습을 보며 말했다.

그녀는 한석을 직접 본 것은 처음이었지만 그의 성격에 대해서는 소문으로 많이 들었기 때문에 지금 두 사람이 장난친다는 생각이 들 정도였다.

"소문은 과장되는 경우가 많습니다."

"그건 그렇죠."

성준의 말에 설아도 고개를 끄덕이며 동의했다.

"아무리 그래도 중세 시대도 아니고 사람을 저렇게 뒤에 세워두는 건 어색하네요."

사실은 응접실에서 성준과 둘이 있고 싶어서 말한 변명이었다.

"그럴 수도 있겠네요."

성준은 눈치채지 못했다. 설아와 한석은 처음 만난 사이였기 때문에 불편할 수도 있다고 생각한 것이다.

그는 흔쾌히 대답하며 한석에게 잠깐 나가 있으라는 신호를 보냈다. 한석이 응접실을 떠나자 설아는 가방에서 서류 집을 꺼내며 입을 열었다.

"마정석 매각 보고서에요. 한 번 훑어보세요."

성준은 레이드 정산이 끝날 때까지 쉴 생각이었지만 신철과 장훈은 마침 휴식기가 끝났기 때문에 던전 공략을 다녀왔었다.

그들이 루팅한 마정석은 청룡 그룹과의 계약에 따라 그들에게 매각될 예정이었다. 설아는 관련 서류의 확인을 부탁하고 있는 것이었다.

"길드장이 되면 귀찮은 일이 많다고 하던데 사실이었네요."

서류를 확인하며 성준이 말했다. 설아는 입가에 희미한 미소를 그렸다.

"어딜 가나 책임자는 바쁜 법이죠."

"서류에 문제는 없네요. 이대로 진행해도 될 것 같습니다."

성준은 설아에게 서류 집을 돌려주었다.

"네. 그리고 할아버지가 고맙다고 전해달라고 하셨어요."

그녀의 할아버지라면 청룡 그룹의 회장이었다. 로드 길드는 소수 정예로 루팅 하는 마정석의 양은 적었지만 모두 등급이 높은 고품질의 것이기 때문에 청룡 그룹에서는 많은 이득을 취하게 되었다.

"이것도 전해달라고 하셨어요."

설아는 두꺼운 봉투를 꺼내서 탁자 위에 올려놓았다. 성준은 호기심 어린 눈동자로 그것을 집어 들었다.

"열어봐도 됩니까?"

"네. 확인해 보세요."

봉투 안에 들어 있는 것은 우선 점유권 10장이었다. 길드를 가지고 있는 헌터에게 꼭 필요한 것 중 하나였다.

"우선 점유권이 부족했는데…… 감사하다고 전해주겠습니까?"

"네. 그렇게 할게요."

성준은 미소를 지으며 대답했다. 그녀는 서류 가방을 정리했다. 그리고 성준과 작별을 고하기 전, 긴장한 표정으로 입을 열었다.

"곧 크리스마스인데…… 혹시 일정 있어요?"

용기를 내서 한 말이었다. 함께 있고 싶다는 진심이 전해졌을까? 설아는 마른침을 삼키며 성준을 주시했다.

"파티룸이나 하나 빌려서 길드원들끼리 작은 파티나 열어 볼까 하고 생각 중입니다."

성준의 대답은 설아의 기대와는 달랐다. 하지만 그녀도 사회 경험은 풍부했기 때문에 실망한 기색을 감출 수 있었다.

"룸보다는 저희 호텔 연회장을 쓰는 건 어떨 것 같으세요?"

"연회장을 쓰기에는 인원이 너무 적어서요."

"다른 사람들도 초대하는 거죠. 인맥을 만들기 좋은 기회예요."

던전 레이드의 등장 이후에 대한민국은 많이 변했지만, 여전히 인맥이 중요한 나라였다.

성준은 SS급 헌터이기 때문에 많은 고위층이 연을 맺고 싶어 했다. 이미 성준이 청룡 그룹과 관계되어 있다는 것을 알고 설아를 통해 접촉을 시도하고 있었다.

기회가 갖춰진다면 그들은 달콤한 대가와 함께 찾아올 게 분명했다.

"인맥을 만들어두면 강성준 씨한테도 많은 도움이 될 거예요."

설아의 말에 성준도 동의했다.

"그러면 관련해서 준비를 맡겨도 되겠습니까?"

"네. 제가 할게요."

설아는 기쁜 마음으로 대답했다. 성준에게 도움이 될 수 있다는 사실이 기뻤다. 헌터가 아닌 그녀가 도움을 줄 수 있는 일은 이런 사무적인 일의 처리뿐이었다.

"나중에 최종 확인만 부탁드릴게요."

연회에 참석할 인원의 최종 확인은 가장 중요한 문제였다. 그래서 설아는 성준이 해야 한다고 생각했다. 성준도 그녀의 말에 고개를 끄덕이며 입을 열었다.

"당연히 제가 할 겁니다. 이번에도 고생해 주세요."

"언제나처럼 완벽하게 처리할게요."

"잘 부탁해요."

설아는 미소를 지어 보였다. 업무 이야기가 끝났기 때문에 성준은 서둘러 의자에서 일어났다.

그러자 그녀도 아쉬운 표정으로 그를 뒤따라 주차장으로 발걸음을 옮겼다.

주차장으로 가려면 정원을 거쳐야만 했다. 마침 정원에서는 장훈이 휠체어에 탄 수혁을 데리고 산책을 하고 있었다. 무장한 경호원들이 주변을 철저하게 경계하고 있었다.

'아버지…….'

성준은 수혁의 모습을 보며 입술을 살짝 깨물었다. 그는 섭외된 최고의 의료진들에게서 수준 높은 치료를 받고 있었지만 최근 들어서 급격하게 건강이 악화되었다. 그래서 휠체어가 없으면 저택의 정원을 산책하는 것도 힘들 정도였다.

"형님!"

성준을 발견한 장훈이 우렁찬 목소리로 그를 불렀다. 찬바람에 흔들리는 나무를 보고 있던 수혁의 시선도 성준에게 향했다.

그는 반가운 표정으로 손을 흔들었다. 이쪽으로 오라는 신호인 것 같았다. 수혁은 성준이 여자와 있는 모습을 많이 보지 못했었다.

그래서 호기심이 생긴 것이다. 성준은 아버지인 수혁이 자신뿐만 아니라 설아도 같이 부르고 있다는 사실을 눈치채고는 짧은 한숨을 내쉬었다.

"잠시 아버지를 뵙고 가시겠습니까?"

"정말 그래도 돼요?"

성준은 설아가 귀찮아할지도 모른다고 생각하며 물었다. 하지만 그의 예상과 달리 그녀는 밝은 목소리로 대답했다.

그녀의 대답에 성준은 미소를 지었다. 그리고 먼저 발걸음을 옮겼다.

가까이 다가가서 본 수혁의 얼굴은 더욱 초췌했다. 성준은 가슴이 아팠다.

"여자친구냐?"

수혁이 설아를 보며 내뱉은 첫 마디였다. 설아는 자신이 성준의 여자친구로 오해받았다는 사실이 너무나 기뻤다. 그래서 환하게 웃었지만, 성준은 어색한 웃음을 흘렸다.

"저희 길드 총무예요. 아버지."

"그러냐……"

단호한 대답에 수혁은 잔디 쪽으로 시선을 내렸다. 아쉬운 얼굴을 감추기 위함이었지만 성준은 어렵지 않게 눈치챌 수 있었다. 그는 수혁을 보며 입을 열었다.

"조만간에 좋은 소식 들을 수 있게 할게요."

"정말이냐……?"

"물론이죠."

성준은 고개를 끄덕이며 대답했다. 수혁의 입가에도 미소가 번졌다.

"바쁠 텐데 붙잡아서 미안하다. 그만 가보거라."

수혁이 말했다. 조금이지만 목소리에 힘이 붙은 것 같아서 성준은 안도했다.

그는 주차장까지 설아를 배웅했다. 평소 설아를 보조해 온 최아라 비서가 주차된 차 옆에서 대기 중이었다.

"그럼…… 조만간에 다시 연락할게요."

일 때문이라고는 해도 성준과 계속해서 연락을 주고받을 수 있다는 사실만으로도 설아는 기뻤다. 진전이 없는 것 같은 이 관계도 조금씩 나아지고 있다는 생각을 했다. 그녀가 먼저 차에 탑승하자 뒤이어 아라가 운전석에 탔다. 성준이 손을 흔들어주자 차는 출발했다.

"최한석."

설아를 태운 차가 대문을 벗어나자 성준은 한석을 불렀다. 어딘가에서 한석이 나타났다. 그는 차분한 표정으로 입을 열었다.

"부르셨습니까?"

처음 만났을 때와는 확연히 다른 공손한 말투였다. 무의식 중에 '충성의 룬'이 계속해서 간섭을 하고 있는 탓이었다.

"생각보다 충성의 룬의 효과가 좋네."

변해버린 한석의 모습을 보며 성준은 혼잣말을 내뱉었다. 작은 목소리였지만 바로 옆에 있던 리슈발트는 들을 수 있었다.

-저는 좋은 현상이라고 생각합니다. 반항심이 남아 있는 것보다 이렇게 완전한 주종 관계가 성립되는 게 낫습니다.

리슈발트가 말했다.

반항심이 남아 있다고는 해도 '충성의 룬'의 간섭 때문에 실제로 명령에 반발하는 경우는 없겠지만 순종적인 태도로 바뀌는 게 여러모로 편했다.

"'서국'으로 간다."

'서국'은 성준이 인수한 신약개발연구소의 이름이었다.

"차 가지고 와."

"알겠습니다."

한석은 대답과 함께 발걸음을 옮겼다. 성준의 헌터 세단은 차고에 주차되어 있었다.

5분 정도 지나자 그의 헌터 세단이 주차장에 도착했다. 운전석에는 한석이 타고 있었다. 성준이 뒷좌석에 탑승하자 헌터 세단이 출발했다.

목적지는 서국 신약개발연구소였다. 신약 개발 독촉을 위해 방문하는 것이었다. 한석이 운전하는 동안 성준은 연구소장 나한수에게 전화를 걸었다.

-네. 이사장님. 연구소장입니다.

"지금 가고 있으니까 그렇게 알고 있어요."

성준은 한수의 대답을 듣기도 전에 전화를 끊었다. 얼마 지나지 않아서 연구소에 도착했다. 한석은 능숙하게 차를 주차했다.

"여기서 대기하고 있어."

"알겠습니다."

한석은 고개를 끄덕였다. 주성은 책임 연구원이 1층 입구에서 성준을 기다리고 있었다.

곧 성준을 발견한 그녀는 반갑게 인사를 건넨 뒤, 성준을 소장실로 안내했다. 문을 열고 들어가자 긴장한 표정을 애써 숨기려고 노력하고 있는 한수의 모습을 볼 수 있었다.

성준은 자연스럽게 안으로 걸어가서 소파에 앉았다. 한수도 그의 앞에 앉았다.

성준은 아직 입을 열지도 않았지만 알 수 없는 중압감이 몸을 누르는 듯했기 때문에 한수는 긴장할 수밖에 없었다.

"개발은 얼마나 진행되었습니까?"

"순조롭게 진행 중입니다."

"늘 정기 보고서에 적고 있는 내용만 말하지 말고 솔직하게 말해봐요."

성준의 재촉에 한수는 마른침을 삼키며 입을 열었다.

"내년 2월이 되기 전에 강수혁 씨가 앓고 있는 희귀 혈액암의 진행을 완전히 멈추게 할 수 있는 신약의 개발이 끝날 것 같습니다만 동물 실험 허가를 받지 못해서……."

"동물 실험 말입니까?"

성준이 물었다. 한수는 고개를 끄덕였다.

"네. 약품이 안전한지 확인하는 실험입니다. 인체 실험이 가장 좋지만 비슷한 케이스를 찾기도 힘들고 임상시험심사위원회에서 쉽게 허가를 해줄 것 같지 않습니다."

성준은 신약 개발과 관련된 절차에 대해서 잘 알지 못했지만 한수의 심각한 표정을 보고 꽤 복잡한 상황이라는 것을 짐작할 수 있었다.

"동물 실험도 허가가 필요한 겁니까?"

"물론이죠. 그냥 진행하면 실험동물 윤리위원회나 동물보호단체에서 가만히 있지 않을 겁니다."

한수는 기겁했다. 하지만 성준은 침착하게 생각을 정리했다.

'크리스마스 파티…… 어쩌면 여기에 길이 있을지도 몰라.'

성준의 두 눈이 반짝였다.

To Be Continued

우진 현대 판타지 장편소설
WISHBOOKS MODERN FANTASY STORY

다시 태어난 베토벤

1827년 한 남자의 죽음으로 고전 시대가 저물었다.

그러나
그가 지핀 낭만의 불씨가 타오르니
비로소 새로운 시대가 열렸다.

긴 시간이 흘러 찬란했던 불꽃도 저물어 갈 즈음.
스스로 지핀 불씨를 지키기 위해
불멸의 천재가 다시 태어났다.

〈다시 태어난 베토벤〉

마치 운명이 문을 두드리듯
힘차게 손을 뻗어 외친다.
"아우아!"

Wish Books

나는 될 놈이다

글쓰는기계 게임 판타지 장편소설
WISHBOOKS GAME FANTASY STORY

판타지 온라인의 투기장.
대장장이로 PVP 랭킹을 휩쓴 남자가 있다?

"아니, 어디서 이런 미친놈이 나타나서……."

랭킹 20위, 일대일 싸움 특화형 도적, 패배!

"항복!"

'바퀴벌레'라고 불릴 정도로
끈질긴 생명력을 가진 성기사조차 패배!

"판타지 온라인 2, 다음 달에 나온다고 했지?"

평범함을 거부하는 남자, 김태현!
그가 써내려가는 신개념 게임 정복기!